W0327944

SOFIANE, L'AMOUR EN GRAND

NATHALIE MIGEOT
AVEC PASCALE LEROY

SOFIANE, L'AMOUR EN GRAND

Robert
Laffont

© Éditions Robert Laffont, S.A.S., Paris, 2018
ISBN 978-2-221-20019-3
Dépôt légal : février 2018

À toi, Sofiane, mon fils,
et à ce lien qui nous unit pour l'éternité.

« Comment est ta vie ? »

C'est l'une des toutes premières questions que m'a posées mon éditrice quand nous nous sommes rencontrées pour évoquer la possibilité d'écrire ce livre.

Une question assez vaste, et surprenante, mais je n'ai pas eu besoin de réfléchir, la réponse a fusé : « Ma vie est heureuse. Je m'en sors bien. Tant que nous sommes ensemble, Sofiane et moi, la vie est belle. On n'a pas de gros soucis, on vit comme on en a envie, on n'embête personne, et on a la santé. »

Tête ahurie de l'éditrice, les yeux comme des soucoupes, elle a répété : « La santé ? »

Je sentais bien qu'elle me prenait légèrement pour une folle, ou une demeurée, ou une inconsciente. « La santé ? » Elle n'en revenait pas.

Et pourtant, oui, je confirme, persiste et signe : on a la santé !

Je veux dire que, à part la myopathie, Sofiane n'est jamais malade. Pas de rhume, pas de grippe, pas de gastro, pas d'autres maladies particulières… Donc, vraiment ça aurait pu, ça pourrait être pire.

En tout cas, c'est la réflexion que je m'étais faite en regardant le Téléthon quelques semaines avant cette rencontre. Tous ces pauvres gamins en fauteuil, ça me fait mal. Je ne peux pas supporter ce spectacle, je trouve ça injuste, révoltant, si triste. C'est étrange : la plupart du temps, j'oublie que mon fils est handicapé, je ne vois pas le fauteuil, le corps immobile, l'impossibilité de bouger, mais le Téléthon me rappelle soudain à la réalité. Trop de souffrance, trop de luttes, et trop de souvenirs. Sofiane consent à le regarder, mais refuse d'y aller, il n'aime pas être confronté à ses collègues en myopathie et moi, ça me déchire. Quand je vois les mômes, dos très cambré, marcher en se dandinant sur la pointe des pieds, j'ai l'impression de repasser un vieux film dont nous sommes les héros bien involontaires et je n'en tire aucune gloire. Au contraire, je n'ai pas envie de revoir, revivre, ressasser. Nous sommes passés par là, une fois ça suffit, merci. En un sens, cela semble déjà loin. Durant toutes ces années, nous avons fait du chemin, et quel chemin ! Quoi qu'il arrive, nous avançons, nous continuons, nous vivons.

Je ne veux pas regarder en arrière et pourtant, me prévient mon éditrice, si tu veux écrire ce livre, tu vas bien être obligée de te pencher sur le passé, de te replonger dans tes souvenirs, de revisiter l'histoire. J'avoue, ça me fait un peu peur. Et même très peur. Mais je ne suis pas du genre à me dégonfler, j'ai déjà fait des choses bien plus difficiles. Et je veux y aller quand même, je dois y aller. Pour Sofiane, bien sûr, et aussi pour tous ceux qui sont embarqués dans la même galère, les malades et leurs proches.

Je n'ai qu'un seul message : prenez votre vie en main ! Ne laissez personne décider pour vous. Vivez à fond, profitez de tout ce qui passe et qui vous est offert et prenez même ce qu'on voudrait vous refuser sous prétexte que le handicap, gnagnagna... Méfiez-vous de ceux qui, pour vous protéger, vous mettent sous cloche. Trop d'attentions, trop de précautions, trop d'interdits finissent par vous ligoter. La vie, c'est maintenant, tout de suite, et sans attendre.

« Aimons-nous vivants, n'attendons pas que la mort nous trouve du talent... »

Sofiane, « celui qui marche rapidement »

Avant d'être une révolution, l'arrivée de Sofiane a d'abord été une surprise.

J'ai rencontré son père quelques mois auparavant à la faveur de la célèbre course Sedan-Charleville, l'une des plus anciennes d'Europe. Il manquait quelqu'un dans la caravane publicitaire, j'y suis allée pour filer un coup de main, et à la fin j'ai assisté à la remise des prix : Hamid était le vainqueur. Le temps de boire un verre, de discuter un peu, au moment où j'allais partir, il m'a retenue. Je n'étais pas encore divorcée de mon premier mari mais c'était tout comme, Hamid était libre aussi, on s'est plu, on s'est revus le week-end suivant, et puis encore. Sept mois plus tard, je tombais enceinte. J'avais 26 ans, c'était le bon moment, et puisque ce bébé se présentait, il n'était pas question de le refuser. Je n'étais plus très sûre d'aimer assez Hamid pour continuer longtemps avec lui, mais l'enfant à venir aiderait sans doute à nous rapprocher.

Grossesse de rêve, sans le moindre problème. Je me sentais bien, en forme physiquement et moralement, tranquille, sans inquiétude d'aucune sorte. Je savais que ce serait un garçon et que je l'appellerais Sofiane. Un prénom qu'une copine avait donné à son fils quelques années auparavant et que je m'étais promis de donner à mon enfant le jour où j'en aurais un. Un prénom d'origine arabe, comme son père, ça tombait bien.

Accouchement tout aussi facile, à la clinique du Docteur-L'Hoste à Villers-Semeuse, à trois kilomètres de Charleville, où son père m'accompagne. Il est présent dans la salle de travail, mais dès qu'on me pose Sofiane sur le ventre, tout s'efface autour de moi. Je n'ai plus d'yeux que pour ce beau bébé bien fait, avec ses grands yeux et ses cheveux noirs en pagaille. Coup de foudre immédiat et instantané, je l'aime ! Nous sommes le 29 novembre 1995. Il est 13 h 29. Un petit bonhomme de cinquante et un centimètres et 3,120 kilos vient de changer ma vie radicalement, au-delà de tout ce que je peux imaginer.

Notre face-à-face est de courte durée car, très vite, la sage-femme le reprend (et j'ai envie d'écrire qu'elle me l'arrache car une douleur bien plus vive que celle de l'accouchement me déchire les entrailles dès que je ne le sens plus contre moi) : sa température est de 36 °C seulement, il a besoin d'un petit temps en couveuse pour se réchauffer et atteindre les 37 °C réglementaires.

Quand on me remonte enfin dans ma chambre, Sofiane n'y est pas et cette absence m'insupporte. Ni une ni deux, je me lève pour voir ce qu'il en est. Dans le couloir, je croise l'infirmière de service, qui n'en croit pas ses yeux. Elle me demande de retourner directement dans mon lit, je refuse : « Tant que je n'aurai pas mon fils près de moi, je ne bougerai pas. » Elle insiste, je résiste. Je veux mon bébé, j'ai peur qu'il lui soit arrivé quelque chose, peur qu'on lui fasse du mal, peur qu'on se trompe et m'en ramène un autre. Patiente, l'infirmière réussit à me convaincre : le temps de me recoucher, Sofiane sera près de moi, mais il est hors de question que je reste debout dans le couloir alors que je viens d'accoucher.

Elle a tenu sa promesse et j'ai retrouvé mon fils. Enfin ! Si l'absence s'était prolongée, je crois que je serais devenue folle, que j'aurais mis le service sens dessus dessous.

Comment trouver les mots pour dire l'enchantement immédiat, le ravissement ? Ce tout petit bébé me capte, m'attrape, je le sens comme une partie de moi, je respire avec lui, il est mon oxygène, mon bonheur, ma vie. Je sais que certaines doutent de l'existence d'un instinct maternel, mais chez moi, il s'impose d'emblée, l'amour est comme une évidence, un mouvement spontané d'une force incroyable vers cet adorable bonhomme qui occupe soudain tout l'espace. J'ai l'impression de l'attendre depuis toujours et tout ce qui n'est pas lui me paraît dérisoire. Je le sens, je le sais : à partir de maintenant, lui et moi, moi et lui, nous avancerons ensemble, indissociablement liés, inséparables.

J'ai de la chance, Sofiane est un bébé adorable. Facile, souriant, éveillé, curieux, vif et tranquille. Il pleure rarement, se console vite, mange bien, et assez rapidement il fait ses nuits. Ne travaillant pas, je m'en occupe à plein temps et en profite autant que je le souhaite. Je ne suis jamais rassasiée, jamais lassée. Tout en lui me plaît, m'émerveille. Ses yeux noirs attentifs, ses joues rebondies, ses premiers sourires et ses premiers gazouillis, ses gestes… cet enfant, c'est de la joie à l'état pur. Allongé, assis, il ne cesse de battre des pieds et des jambes, tout le monde les attrape, joue avec, et chacun lui prédit un avenir de sportif. Un futur coureur, comme son papa, disent les uns et les autres. Pourquoi pas ? En arabe, Sofiane signifie « celui qui marche rapidement ».

Un certain M. Duchenne

Sofiane a 10 mois lorsqu'il chope une mauvaise gastro. De la fièvre, des nausées et une immense fatigue, moyennant quoi le médecin demande de l'hospitaliser pour des examens. Nous entrons à l'hôpital Manchester de Charleville-Mézières le 4 octobre 1996 et en ressortons le lendemain avec les résultats d'un bilan sanguin mettant en évidence un taux d'enzymes musculaires (les CPK) anormalement élevé. Un nouveau bilan est effectué une dizaine de jours plus tard, pour vérification, mais ce 18 octobre le taux de CPK est toujours très haut. Le médecin parle alors de possible dystrophie musculaire et d'un service spécialisé dans ce genre de problèmes à l'hôpital Saint-Vincent-de-Paul à Paris, dirigé par le Dr Mayer. Évidemment je lui demande aussitôt de me mettre en contact avec ce service, je n'ai pas envie que les choses traînent… mais tout est relatif et ne dépend pas de ma volonté, je n'obtiens un rendez-vous que le 17 mars 1997, il ne faut pas être pressé ! Tant pis, après tout, je ne suis pas très inquiète, la dystrophie musculaire, je ne sais pas ce que c'est et ne cherche pas à savoir. Dans ma tête, c'est à peu près comme la gastro ou la grippe, un coup de grisou et qui finit par s'arranger tout seul. Sofiane n'est pas en super forme et ça me désole de le voir comme ça, mais je suis sûre que ça va s'améliorer et qu'il va retrouver son énergie sans tarder.

Comme prévu, nous passons finalement deux jours dans le service du Dr Mayer pour subir une batterie d'examens. Pendant ce temps les médecins restent flous, affirment chercher une maladie des muscles et devoir attendre tous les résultats pour se prononcer. Le temps commence à sembler long, quelque chose ne va pas, mais personne ne sait de quoi il s'agit, ce flottement est inconfortable.

Quelques jours après notre retour de Paris, appel de Saint-Vincent-de-Paul : ils ont besoin de revoir Sofiane pour réaliser une biopsie musculaire car les bilans sanguins ont mis en évidence un taux de CPK très supérieur à la moyenne. Tout ça pour ça ! Presque six mois pour revenir à la case départ et à ce satané taux de CPK, j'ai l'impression de tourner en rond en piétinant. Le temps passe mais rien ne se passe, sauf que notre vie semble suspendue à trois lettres, CPK : créatine phosphokinase, une enzyme qui catalyse la libération de l'énergie servant notamment au cœur, au cerveau… et aux muscles.

La biopsie a lieu le 10 juin à Saint-Vincent-de-Paul. Je n'aime pas laisser mon bébé d'amour aux mains des médecins, j'ai peur qu'il souffre et j'enrage de ne pas être près de lui, mais je suis plutôt confiante quant aux résultats. Je déchante quand les blouses blanches déboulent dans la chambre et m'ordonnent de m'asseoir. Déclaration on ne peut plus brève, comme pour ne pas me laisser le temps de réagir. Je n'ai aucun mal à me rappeler leurs mots : « Nous recherchions une anomalie génétique, nous avons trouvé une myopathie de Duchenne. Votre enfant perdra la marche entre 5 et 8 ans et son espérance de vie se situe entre 17 et 25 ans. Si vous avez des questions, nous sommes à votre disposition. »

Non, je n'ai pas de questions, mais un commentaire peut-être, comme une provocation : « Avec un avenir pareil, il vaudrait presque mieux tuer l'enfant maintenant », à quoi l'un des médecins répond sans sourciller : « L'euthanasie n'est pas autorisée en France, mais si vous n'avez pas la force de faire face, vous pouvez contacter les services sociaux pour un placement. »

Et hop, terminé, au revoir madame, nous avons fait notre job, à vous de jouer. Non, j'exagère, avant de me laisser partir, on me remet un certificat médical mentionnant le diagnostic de la maladie et on me conseille de prendre contact avec la Sécurité sociale afin de monter un dossier en vue d'obtenir une prise en charge à 100 %. Une délicate attention que j'aurais tort de ne pas mentionner, car elles n'ont pas été nombreuses, c'est le moins que je puisse dire.

Pourquoi cette façon de faire ? Quel est le but de cette sécheresse inhumaine, de cette absence totale d'empathie, de ce refus de la compassion ? Que cherchent-ils, ces médecins, en nous traitant avec cette violence sèche, cette politesse glaciale ? À nous pousser au suicide ? À nous interdire toute illusion ? À provoquer un déclic, un sursaut de révolte qui nous empêche de nous noyer dans la détresse et le désarroi ?

Tout cela se passait il y a vingt ans maintenant, j'espère sincèrement que les médecins ont fait des progrès, qu'on les forme à un peu plus de tact, de psychologie et d'humanité, qu'on leur apprend à prendre un peu de leur précieux temps pour être à l'écoute de ceux qu'ils condamnent et de leur entourage.

Ce jour-là, personne ne me demande rien, personne ne se soucie de rien. Je retrouve enfin Sofiane, mon trésor plus précieux que jamais, et on nous laisse repartir tous les deux vers la gare de l'Est, pour rentrer à Charleville-Mézières. Après ce qu'on vient de m'annoncer, je pourrais me jeter sous le train ou trouver un autre moyen de me foutre en l'air et mon fils avec moi – avec ce qui nous attend, à quoi bon se donner le mal de vivre ? Les médecins viennent d'écrire un avenir limité, empêché, dont nous devons nous contenter, sans se préoccuper le moins du monde de ce que je peux ressentir. Je ne sais pas ce que je ressens d'ailleurs… J'appelle ma mère pour lui annoncer la nouvelle, mais la myopathie de Duchenne, ça ne lui dit rien du tout, alors ça n'a pas l'air de l'affoler plus que ça, de toute façon ma mère est plutôt du genre taiseux, elle s'exprime avec parcimonie et manifeste peu ses émotions et ses affects. J'y suis habituée, sa réaction ne me surprend pas, c'est sûrement mieux comme ça, qu'aurais-je fait si ma mère s'était effondrée et que j'avais dû la consoler ?

Peu à peu les mots s'infiltrent en moi et me grignotent par petits morceaux. Myopathie de Duchenne, perte de la marche entre 5 et 8 ans, espérance de vie entre 17 et 25 ans, ces termes et ces chiffres tournent dans ma tête, envahissants, répétitifs, inquiétants, ils me broient, me secouent et m'étouffent, mais j'y crois sans y croire. Tout ça reste très flou, irréel, tellement inattendu, tellement impensable. Qui sait si je ne suis pas tombée sur des dingues qui se sont trompés dans leur diagnostic ? Qui sait ce qui peut se passer jusqu'à ce que Sofiane ait 17 ans ? Dix-sept ans ! Ça me paraît très loin. Et en même temps très proche, trop proche. On ne devrait jamais hypothéquer la vie d'un joli bébé aux cheveux bouclés et aux yeux noirs en pensant qu'elle va s'arrêter trop tôt.

Les semaines, les mois qui suivent ce rendez-vous terrifiant, rien ne change dans notre vie, du moins en apparence. Je ne me plonge pas dans toute la littérature sur la myopathie de Duchenne – Dieu merci, il y a vingt ans, on ne passait pas sa vie sur Wikipédia et des forums médicaux dès qu'il nous arrivait quelque chose –, je ne cherche pas à en savoir davantage, à anticiper, à me farcir la tête de trucs alarmistes et flippants. Je ne m'intéresse pas plus à la vie et l'œuvre de M. Duchenne, à l'historique de sa sinistre découverte… L'ignorance a parfois du bon, en tout cas elle me protège.

Bien sûr, je suis inquiète mais je ne veux pas laisser toute la place à l'inquiétude. Au fond de moi, une petite voix répète : « On verra bien »… et comme à ce moment-là, on ne voit pas grand-chose, il est plus facile de croire qu'on a le temps et que Duchenne n'aura pas forcément le dernier mot. Mais pour être tout à fait honnête, je suis bien obligée d'avouer que quelque chose a changé dans ma vie depuis le dernier rendez-vous à Saint-Vincent-de-Paul : j'étais déjà scotchée à mon fils avant, je le suis encore plus à présent. Ce petit amour qui a bouleversé ma vie et l'embellit chaque jour davantage, je ne le quitte plus des yeux, je le regarde, l'observe, l'admire. Je veux être là pour lui, avec lui, à chaque instant, dans toutes les circonstances. Je donnerais tout ce que j'ai et même plus pour lui offrir la vie qu'il mérite.

Premières difficultés

Malgré mon optimisme, je ne peux pas rester longtemps dans l'illusion que les médecins se sont trompés. Très vite, je remarque que Sofiane tombe souvent, et surtout qu'il peine à se relever, il a besoin de prendre appui sur une jambe d'une façon très particulière, un peu hésitante, et laborieuse. Je décèle dans ces chutes à répétition les premiers signes de la myopathie de Duchenne, mais je relativise encore : si ce n'est que ça, nous ferons avec… Je veux croire que la maladie n'ira pas plus loin, il devra composer avec une fragilité certaine au niveau des jambes, un manque de tonus musculaire, mais il arrivera sûrement à compenser. Sauf que la fragilité va s'intensifiant. Dès qu'il marche un peu trop, ses petites gambettes se fatiguent et il réclame que je le porte. Alors bien sûr, je ne le quitte pas d'un pas, je suis toujours là, prête à l'aider, pour qu'il n'ait pas peur, pour qu'il sache qu'il n'est pas seul et que s'il fléchit, mes bras seront toujours assez forts pour lui permettre de continuer à avancer.

Encouragez l'autonomie, recommandent les manuels éducatifs. Mais quand l'autonomie est sérieusement compliquée par une maladie, comment fait-on ? Mon attachement fusionnel à mon fils se double maintenant d'une tendance très marquée à le protéger sans relâche. Surprotection, disent certains, les grincheux, ceux qui n'y connaissent rien mais ont des avis sur tout, ceux qui jugent sans savoir, ceux qui se mêlent de ce qui ne les regarde pas. Je les laisse dire mais je pose juste une question : empêcher son fils de tomber et de se faire mal, c'est de la surprotection ? Ou juste le rôle d'une mère ? Devrais-je le regarder se casser la figure sans intervenir sous prétexte de ne pas entraver son autonomie ?

Sofiane a 3 ans et des poussières quand il entre à la maternelle. L'idée de le laisser toute la journée me tord le ventre et me déchire. Je me suis efforcée de le confier parfois à la halte-garderie ou à une nounou pour l'habituer à la séparation, et plus encore pour m'y préparer moi-même. Depuis sa naissance, j'ai la chance de ne pas travailler, je peux être avec lui vingt-quatre heures sur vingt-quatre, je vois mal comment le temps va pouvoir passer sans lui, comment je vais occuper mes journées sans tourner en rond en attendant l'heure des mamans et de nos retrouvailles, enfin.

Le jour de la rentrée, heureux et fier, il ne se retourne pas quand je le laisse. Moi, j'éclate en sanglots dès que je peux. Un chagrin terrible, irraisonnable, doublé de la crainte qu'il se sente abandonné, vulnérable, perdu. Sofiane va affronter le monde sans moi et moi sans lui, nous allons être séparés de longues heures d'affilée…

Bien sûr, j'ai averti la directrice de l'école de sa maladie et elle a promis de veiller sur lui, mais une directrice d'école, ce n'est pas une mère, ni elle ni l'institutrice ne seront là à chaque instant pour aider Sofiane en cas de besoin et je sais, moi, qu'il a besoin d'aide.

Ce que je ne lui ai pas dit en revanche, c'est que, même fragile, mon bonhomme est très actif, pour ne pas dire agité. Et maladroit. Se transforme souvent en tornade difficile à canaliser. Mais elle va vite s'en rendre compte par elle-même et Sofiane sera tout aussi vite étiqueté « turbulent ». Est-ce parce qu'il court moins vite que tous les autres, parce qu'il ne peut pas sauter par-dessus les bancs et participer à tous les jeux ? Il trouve d'autres moyens de se manifester, parle en même temps que la maîtresse, fait du bruit, ne tient pas en place. Et si ses jambes sont faibles, sa main est leste, prompte à taper. Sofiane se montre agressif envers ses copains, alors qu'il est si doux avec moi. Sans doute se sent-il différent, plus fragile, moins assuré, et se protège-t-il en attaquant, délimitant ainsi son périmètre de sécurité afin de tenir le danger à distance. À défaut de pouvoir veiller sur lui tout le temps, je le fais dès que je le peux en accompagnant les sorties scolaires afin de le rassurer et d'être sûre que personne ne l'empêche d'en profiter.

Allez donc expliquer ça à la directrice de la maternelle ! Elle me convoque régulièrement et bientôt, sous couvert de protéger Sofiane, de lui épargner fatigue et désagréments, propose de le scolariser seulement à mi-temps, le matin. Sa proposition faussement bienveillante me met hors de moi : l'après-midi ne risque sûrement pas de fatiguer Sofiane vu qu'une grande partie du temps est occupé par la sieste, puis par la récréation ! Elle ne me le dit pas ouvertement, mais je suppose qu'il gêne ses copains et retarde l'endormissement général… ce qui ne me semble pas une raison suffisante pour le renvoyer chez lui. C'est son job de réussir à le ramener au calme ! Je refuse qu'il se sente ostracisé, qu'on le mette à l'écart sous prétexte qu'il a une maladie ; c'est déjà assez lourd pour un petit bonhomme de ne pas être tout à fait comme les autres, en tout cas de ne pas pouvoir faire les mêmes choses, pas besoin d'en rajouter en lui aménageant des horaires spéciaux. Il est en maternelle, il marche encore, et on se sert de sa maladie pour l'écarter. Je fulmine, sors mes griffes, argumente, menace et refuse de plier face à une femme qui me prend pour une imbécile.

Je découvre étonnée que je dois me battre pour le respect et le bien-être de mon fils. C'est la première fois, il y en aura d'autres, j'ignore encore à quel point je vais devoir me battre au fil des années pour qu'il puisse vivre comme les autres et ne soit pas condamné à la double peine : maladie et mise à l'écart.

Malgré les difficultés à la marche et cette adaptation un peu compliquée à l'école et à la discipline, les premières années sont plutôt faciles, sans drame majeur sinon les chutes à répétition et les petits bobos qui vont avec. Cela n'entame pas la gaieté de Sofiane, ni la mienne. Mes illusions quant à une possible erreur de diagnostic tombent peu à peu, mais ma volonté de ne pas laisser la maladie prendre toute la place et nous bouffer tout crus est intacte. On ne peut pas vivre dans la crainte permanente de ce qui va arriver, de ce qui peut, pourrait arriver. Je veux vivre, et que mon fils vive au mieux. Je crois que la vie nous envoie des épreuves que nous pouvons surmonter, et je me sens capable d'affronter cette épreuve-là. Je ne sais pas en quoi elle va consister exactement, je préfère ne pas l'imaginer pour profiter intensément du meilleur de chaque jour. Je sais en revanche que je ne peux rien changer à ce qui est, je ne réussirai jamais, d'un coup de baguette magique, à effacer la maladie, à rendre aux muscles de Sofiane la tonicité qui leur manque. Je n'ai aucun pouvoir de refaire le film sous prétexte que le scénario ne me plaît pas. Je n'ai pas choisi le pitch, mais je peux au moins m'efforcer de tenir au mieux le rôle qui m'a été attribué sans que je demande rien, et tout faire pour que Sofiane accepte le sien sans perdre son temps à se poser en victime.

J'accepte l'épreuve qui nous est envoyée, ça ne veut pas dire que je ne me pose pas de questions sur l'origine de la maladie. Autant le dire tout de suite, je ne suis pas devenue une spécialiste de la myopathie de Duchenne en général, mais j'ai appris au fur et à mesure ce qu'était la myopathie de Duchenne de Sofiane.

Pourquoi c'est tombé sur lui ? D'après ce que j'ai lu, si les femmes peuvent être porteuses de la mutation du gène responsable de la maladie, ce sont presque exclusivement les garçons (99,9 % des cas) qui la développent. Ce qui me laisse supposer que je pouvais être porteuse de la mutation qui m'aurait possiblement été transmise par ma mère, etc. Allez savoir, la mutation s'est peut-être incrustée dans notre patrimoine génétique depuis des générations sans que la maladie se soit jamais déclarée. Nous sommes des mutants sans le savoir !

Quand j'ai le malheur d'en parler à ma mère, elle prend ça pour un reproche et même pire, une accusation. Je n'ai pas envie de la culpabiliser, elle n'a pas envie de se sentir coupable de quoi que ce soit et m'envoie balader : « Ne viens pas m'enquiquiner avec toutes ces bêtises », ce qui laisse peu de place à la discussion. J'ai appris par la suite que dans un tiers des cas, la mutation du gène responsable de la maladie survient spontanément, mais je n'ai rien dit à ma mère, je ne suis pas spécialiste après tout, je n'y connais rien. Et puis se prendre la tête n'est pas tellement dans mes habitudes. J'agis, parce que la vie n'attend pas. Et elle est trop courte pour être abîmée, noircie de pensées inutiles. Une fois que je saurais pourquoi mon fils est malade, à quoi ça lui servirait ?

À rien.

Je n'ai pas de prise sur le passé, je n'en ai pas davantage sur l'avenir mais je pressens que la suite risque d'être plus dure, de nous servir des platées de galères que je n'ai pas forcément envie de faire porter à mon entourage. Notre histoire s'annonce difficile, je ne veux embêter personne, et que personne ne se sente chargé d'un poids trop lourd. Moi, je suis la mère, et à ce titre la première concernée. Je ne tergiverse pas, je me bats et me battrai toujours sans relâche pour mon fils. Mais il n'y a aucune raison pour que les autres, même les plus proches, pâtissent par ricochet des mauvaises intentions de M. Duchenne. Je n'aime pas réclamer d'aide, ou le moins possible. Je finis par me demander si je ne me sens pas plus forte lorsque je suis seule. Pas d'épaules pour me poser, pas d'oreilles attentives pour me plaindre, et donc moins de tentation de me faire plaindre, c'est aussi une façon de tenir. En tout cas, c'est la mienne.

Tracer la route – cap au sud !

Le chômage est une calamité, particulièrement dans notre région du Nord-Est, mais pour moi il aura été une aubaine puisqu'il m'a permis de m'occuper de Sofiane sans galérer avec des nounous, des gardes, des baby-sitters. Mais la fin de mon indemnisation se profile et, avec elle, la nécessité de trouver un travail. En parallèle, l'envie de partir se fait pressante. Quitter Charleville, prendre de la distance, commencer autre chose, ailleurs. Oui mais où ? Et pour quoi faire ?

Le plan de carrière est pour moi une notion assez floue. Jusqu'à présent, j'ai travaillé quand il le fallait, et sans états d'âme, aucun job ne me rebutait : vendeuse, femme de ménage, fille de salle à l'hôpital, accompagnatrice de handicapés… j'ai tout fait, ou presque. À certains moments, j'ai même exercé deux emplois différents pour boucler les fins de mois et m'assurer une vie décente. Je n'étais pas flemmarde, loin de là, mais pas obsédée par l'argent non plus. Mon objectif numéro un était de profiter de la vie.

La situation est désormais différente et il semble urgent que je me pose pour toucher un salaire régulier de manière à faire face à nos besoins. Si je veux avoir une chance de décrocher un boulot correct, j'ai intérêt à me former au moins un peu. Quelle formation ? Je n'hésite pas longtemps : je serai conductrice de car.

Ce choix n'a rien d'une lubie : j'aime conduire, les cars ne me font pas peur, et puis j'ai été à bonne école, mon père étant lui-même chauffeur de car. La formation n'est pas trop longue et, apparemment, la filière offre quelques débouchés. La preuve ? J'ai à peine commencé que le centre reçoit une proposition pour un poste en CDI dans la région de Grenoble. Je saute littéralement dessus et appelle Mme Richard, la directrice de la société Les Cars de Chartreuse pour lui proposer mes services – qu'elle accepte ! Je n'ai pas encore mon diplôme mais la perspective de travailler et de pouvoir quitter Charleville me donne une énergie et une audace d'enfer. Je bosse avec acharnement, au point d'être hospitalisée pour une migraine ophtalmique. Mais ça vaut le coup : le vendredi 13 juillet 2001, me voilà diplômée. Mon premier diplôme, je suis fière, et plus fière encore de le montrer à mon père qui me prédisait que je ne ferais jamais rien de bien dans la vie. Non seulement je fais quelque chose mais je reprends le flambeau du métier qu'il a adoré. Six mois plus tard, il prendra sa retraite.

La société qui m'emploie m'attend le 17 et, pour faciliter mon installation, m'offre dix nuits d'hôtel et une indemnité de deux cents francs pour la nourriture.

Je m'embarque dans une aventure qui peut sembler folle, mais j'ai confiance, et je fonce. Quitter Sofiane est pire qu'un déchirement, mais c'est pour la bonne cause. Le dimanche 15, je le laisse chez mes parents pour filer vers Grenoble. Même s'il a des difficultés, il marche et se débrouille, il conserve une certaine autonomie, ce qui me permet de le confier sans trop d'appréhension.

À l'issue de ma première journée de travail qui s'achève à 14 heures, je discute avec quelques collègues, leur explique un peu l'urgence de ma situation et, sur leurs conseils, prends contact avec l'OPAC (office de HLM), qui m'aiguille sur l'agence de Voiron, à dix minutes de mon travail. Je demande à parler à la responsable, mais on refuse de me la passer sans savoir de quoi il retourne. Je ne me démonte pas, ne m'énerve pas, explique simplement que je dois lui parler en direct, parce que c'est très important. J'obtiens un rendez-vous pour le vendredi 20 juillet.

J'ai oublié le nom de la femme qui m'a reçue, je ne l'ai jamais revue, mais si jamais elle lit ce livre, qu'elle prenne contact avec moi, je serai heureuse d'avoir de ses nouvelles et de la revoir. Devant elle, je n'ai pas cherché à faire semblant ou à tricher, j'ai déballé toute mon histoire, vidé mon sac, sans rien cacher. Le besoin de travailler, la difficulté à trouver un poste dans un Nord sinistré, la maladie de Sofiane, la perspective du fauteuil roulant, l'aubaine du CDI qu'on me propose ici, l'envie d'offrir une belle vie à mon fils, de tout faire pour qu'il soit heureux… La responsable m'écoute sans m'interrompre, avec attention, elle est compréhensive, douce, et semble émue de ce que je lui raconte. Cerise sur le gâteau, je tombe bien, un appartement se libère le lundi suivant, elle promet de me le réserver, l'état des lieux sera fait le mercredi. On dirait que mon ange gardien et ma bonne étoile se sont donné le mot pour me protéger. Tout s'enchaîne parfaitement, comme si la route se traçait sans embûches afin de me montrer que j'ai fait le bon choix et me conduisait droit au but que je me suis fixé : liberté et tranquillité.

Si j'avais eu des doutes, ils auraient vite été balayés par la façon dont tous les obstacles s'aplanissent. Alors que je travaille depuis quelques jours à peine, ma toute nouvelle patronne ne voit même pas d'objection à ce que je prenne un congé sans solde d'une semaine. À l'en croire, elle n'a jamais vu quelqu'un d'aussi motivé que moi. Et il faut dire que je suis prête à tout, je me sens presque pousser des ailes, rien ne me fait peur, rien ne m'empêchera d'aller de l'avant et de faire avancer mon fils avec moi. Ensemble, je le sais, nous pouvons aller loin.

Comme toujours avec moi, les choses ne traînent pas. Allez, hop, on avance ! Tout en travaillant et en signant les papiers nécessaires, je commence à piloter le déménagement à distance, à mettre au point un planning et à enclencher le compte à rebours. Mon père loue un camion afin que je puisse charger dès mon retour à Charleville. En trois jours, tout est fait, mon appartement est vide, nickel. J'ai trié, jeté, donné, me suis débarrassée, allégée, facilement car je ne m'attache pas à toutes les choses matérielles. Elles sont là, tant mieux, mais je m'en sépare sans regrets et je n'ai pas envie de m'encombrer. Mon père et mon frère m'accompagnent à Grenoble pour m'aider à m'installer dans mon nouveau chez-moi, un aller-retour rapide après quoi nous remontons à Charleville en camion pour que je puisse récupérer ma voiture. Et surtout retrouver mon Sofiane.

La séparation a été douloureuse, pas un jour n'a passé sans je pleure en pensant à lui, je ressentais un manque terrible, mais je savais que nous devions en passer par là pour justement construire une vie où plus rien ne pourrait nous séparer.

Cette nouvelle vie se met sur des rails en moins de quinze jours. Nous voilà réunis, mon fils et moi, heureux de l'être. À côté de ça, tout le reste n'est que points de détail : défaire les cartons, inscrire Sofiane à l'école… des broutilles, trois fois rien. La vraie vie va commencer.

Et elle s'organise sans heurts, trouve sans difficultés sa vitesse de croisière. Sofiane est encore autonome, et capable de rester un peu seul, mais pour plus de tranquillité, j'ai des horaires adaptés. Je pars à 7 heures le matin, une voisine m'a proposé de l'emmener à l'école en même temps que ses trois enfants, je peux aller le chercher le soir à l'heure du goûter, ce qui lui permet d'échapper à l'étude ou à la garderie.

En classe, il est moins agité, mais il devient aussi de moins en moins agile, de plus en plus fragile. Les chutes se multiplient… jusqu'à celle de trop, qui me vaut une convocation de la maîtresse : ce n'est plus possible de continuer comme ça, comme si de rien n'était, Sofiane a besoin d'une aide pour l'assister en permanence, l'empêcher de courir des risques inutiles et se faire mal. Difficile de discuter cette décision, je sais que la maîtresse a raison, me voilà donc en quête d'une école spécialisée pour enfants en situation de handicap ou ayant d'importants problèmes de comportement. Les enfants sont dix par classe, afin de bénéficier d'un suivi adapté et, en plus de la scolarité, Sofiane a droit à des séances de kiné, d'ergothérapie… La voisine a laissé sa place à un taxi qui se charge des transports de mon bébé d'amour.

Nos années à Grenoble sont de belles années. J'aime mon métier et encore plus l'entreprise pour laquelle je travaille, dont les patrons sont devenus comme une autre famille, toujours sympas, toujours compréhensifs, toujours présents. Bosser pour eux est un plaisir.

Parmi mes collègues, certains deviennent des amis, et je noue d'autres relations via l'école et le voisinage. Nous sommes bien entourés et heureux. Nous sommes tous les deux, et malgré ses difficultés, mon fils va bien, il est mignon, curieux, souriant. Il trace sa route en serrant les dents et je l'aide du mieux que je peux.

Grenoble ne sera pourtant qu'une étape dans notre marche vers le grand Sud.

Dans un fauteuil…

Les médecins avaient raison. J'ai longtemps voulu croire qu'ils se trompaient, que leurs prédictions étaient basées sur des statistiques qui ne demandaient qu'à être démenties, mais l'illusion n'aura pas duré très longtemps. Plus les mois passent, plus la marche devient difficile pour Sofiane. Ce qui nous paraît si naturel – mettre un pied devant l'autre – est pour lui un défi, un casse-tête et un casse-cœur. Progressivement, les muscles fondent et le portent moins bien, il se dandine plus qu'il ne marche, sur la pointe des pieds (parce que les tendons d'Achille sont atrophiés) et, le dos cambré, il tombe de plus en plus souvent et a de plus en plus de mal à se relever.

Lorsque nous marchons tous les deux dans la rue, il refuse la main que je lui tends, et refuse encore que je l'aide à se remettre debout, pauvre petit poussin de guingois. Il s'accroche, s'applique, se concentre, mais la maladie est plus coriace que lui : à 7 ans, ses jambes ne sont plus assez solides pour le porter et il est obligé de se déplacer en fauteuil. L'âge de raison vient signifier l'évolution irrémédiable de la maladie, sans espoir de retour en arrière.

Mais à 7 ans, et la maladie ne peut heureusement rien contre ça, on est encore un enfant, capable de s'émerveiller de tout et de transformer la vie en terrain de jeu permanent. Sofiane apprivoise son fauteuil comme s'il conduisait un side-car ou un kart. « Maman, maman, regarde comme je vais vite ! » et il rit, se cogne contre un mur, recommence, s'essaie aux virages et aux marches arrière. Et je ris avec lui, je l'encourage. À l'intérieur, j'ai le cœur broyé et mes larmes sont de sang et de douleur.

Et dire que l'expression « dans un fauteuil » signifie « aisément, sans peine » !

C'est un premier palier, il était prévu, il a fini par arriver, dans les temp imparti par les médecins. A-t-on d'autre choix que de l'accepter ? Faut-il se focaliser sur la perte ou regarder la vie ? D'accord, Sofiane ne peut plus marcher, mais il peut encore se lever (même si ça devient de plus en plus difficile), rouler, se déplacer, écrire, jouer, lire, manger, se laver… alors au fond, ça pourrait être pire. C'est ce qu'il faut se dire pour continuer à vivre et apprécier la saveur de ce qui nous est donné.

Ce qui m'a été donné, à moi, c'est un fils merveilleux. Tête de pioche, exigeant, impatient, roublard, mais sacrément coriace. Et courageux, fort, tenace, énergique et déterminé. Jamais il ne gaspille son temps à se plaindre. Il s'y est laissé aller une fois, il en avait assez, c'était trop injuste d'avoir cette maladie… Je lui ai fait remarquer qu'il y avait plus malheureux que lui, des enfants abandonnés, maltraités, orphelins. Ce n'était pas pour l'empêcher de dire ce qu'il ressentait, mais pour nous éviter, à lui comme à moi, de nous complaire dans l'auto-apitoiement. Ça ne résout rien et ça emmerde tout le monde. Depuis ce jour, Sofiane ne s'est jamais plaint, quelles que soient les circonstances et les épreuves qu'il a eu à subir. Il n'a pas plus envie de se faire plaindre. Il redoute les réactions de pitié qui faussent toute relation, et tout autant l'admiration larmoyante.

Moi, je l'aime et, qu'il le veuille ou non, je l'admire.

Preuve que le fauteuil ne nous empêche pas d'avancer, nous déménageons bientôt.

En effet, deux ans après notre arrivée à Grenoble, mes patrons vendent leur entreprise. Ce n'est pas dramatique en soi puisque les repreneurs manifestent le désir de me garder dans leur équipe, mais de mon côté le cœur n'y est plus. L'ambiance change, imperceptiblement, les rapports avec la direction aussi… Je ne suis pas malheureuse, loin de là, mais ce n'est plus pareil, et après ce que j'ai connu, mon enthousiasme s'est bien refroidi. Mon énergie, elle, est intacte et ne demande qu'à se déployer.

Quand quelque chose ne me plaît pas, je ne m'éternise pas. Je n'essaie pas de m'adapter, de m'assouplir, de composer, de négocier, je suis plutôt du genre à tracer la route. Je me barre, je vais ailleurs, où l'herbe me plaira davantage. Je décide donc de quitter Grenoble. J'ai appelé une amie à Istres pour lui demander de nous héberger quatre jours. Dans la foulée, j'ai attrapé un annuaire pro, les fameuses Pages jaunes, suis allée direct à la rubrique « Société de transports », ai jeté mon dévolu sur une entreprise appelée Compagnie des autocars de Provence (CAP), que j'ai contactée dans la foulée. Bingo, ils m'ont proposé un CDI avec un mois d'essai.

Le moins qu'on puisse dire est que j'ai choisi une branche professionnelle pleine de débouchés. En plus de ça, j'ai de la chance. Ça peut paraître incroyable aujourd'hui où certains peinent tellement pour décrocher du boulot, mais à l'époque, et pour moi, tout a toujours été facile. Je suis contente, je bosse ; je n'aime plus, je m'en vais. Sans jamais me prendre la tête, ni trembler à l'idée de me retrouver sur le carreau sans travail et en fin de droits, dans l'impossibilité d'assumer mon fils et de lui offrir une vie digne.

Ce qui fait ma force, ou qui force le destin, c'est ma détermination sans faille et, plus encore, ma motivation particulière : je veux que Sofiane vive bien et qu'il puisse avoir tout ce dont il a besoin et envie. Ça n'a l'air de rien, mais ça donne des ailes, ou c'est tout comme : de la volonté, de la niaque, et la conviction que rien n'est impossible.

La vie, ça se vit. Ça ne se passe pas à attendre que les choses vous arrivent cuites à point dans le bec. C'est à chacun de se prendre en main et de se bouger pour que le meilleur advienne. Si on ne fait rien, il n'arrive rien, c'est un choix, mais ce n'est pas le mien.

La vie ne m'a pas malmenée mais je ne suis pas née dans un milieu où tout est acquis. Je n'ai jamais manqué de rien, comme on dit, mais chez nous il fallait compter et j'ai vite appris que pour obtenir quelque chose, il faut le vouloir et s'en donner les moyens. Ça m'a sûrement servi depuis plus de vingt ans : je n'attends pas que les choses arrivent d'elles-mêmes ou que les gens les fassent à ma place, je préfère me retrousser les manches et aller au charbon, comme j'en ai envie, et quand j'en ai envie, ça me semble plus sûr. Je ne suis pas une enfant gâtée mais une femme qui se gâte et une mère qui fait tout son possible pour gâter son fils et lui offrir la vie dont il a envie.

Trouver un logement à Istres a été presque aussi facile que de trouver un job. Ma copine connaissait quelqu'un qui… Oh pas un palais, juste un petit studio meublé, à deux pas de la gare, amplement suffisant pour commencer. En mettant l'essentiel de nos affaires au garde-meubles, nous avons assez de place pour la télévision et la PlayStation, deux objets de la plus haute importance dans la vie de Sofiane.

Il compense avec ses mains ce que ses jambes lui interdisent de faire. Dans ses jeux vidéo, plus rien d'impossible, courir, sauter, escalader, se bagarrer… et toujours s'en sortir, sans une égratignure ou presque, sans tomber ou en se relevant aussitôt et sans effort, sans mourir ou seulement avec la possibilité de ressusciter. Je sais que beaucoup de parents déplorent le temps passé par leurs enfants devant les consoles de jeux, que beaucoup de spécialistes soulignent les effets néfastes d'une consommation excessive, mais dans le cas de Sofiane (et de bien d'autres hélas), il me semble qu'on a droit à une dérogation. D'abord parce que rien ne montre que sa consommation soutenue ait des effets négatifs sur son fonctionnement cérébral. Et ensuite parce qu'il a bien le droit de s'évader, de se balader, de s'éclater avec les moyens qui sont les siens. Les donneurs de leçons n'ont qu'à essayer de se mettre à sa place, juste pour voir.

Une tête très bien faite

À Grenoble, l'école spécialisée m'avait mise en contact avec une autre école du même genre à Marseille, la Grotte Rolland. Après quelques entretiens, Sofiane y a été admis sans problème pour la rentrée de septembre. Ici aussi le transport est assuré matin et soir par un transporteur choisi par le Conseil général et sur place tout l'encadrement est prévu pour des enfants en difficulté. Sofiane a donc rejoint une CLIS, classe pour l'inclusion scolaire, où il s'adapte bien.

Que mon fils soit dans une CLIS ne me paraît pas anormal du tout. N'ayant jamais brillé à l'école et ayant entretenu les rapports les plus distants possibles avec la scolarité, je ne m'attendais pas à avoir engendré un surdoué, sur-brillant, avec une tête parfaitement bien faite. Bien entendu, je ne trouvais pas mon fils stupide ou attardé, loin de là, mais ses performances scolaires n'étaient pas ma priorité, le plus important à mes yeux étant qu'il souffre le moins possible de son handicap. J'avoue que, presque malgré moi, j'ai longtemps pensé que le handicap physique allait de pair avec un certain handicap mental, le retard musculaire se conjuguant avec un léger retard intellectuel, moyennant quoi l'intelligence requise pour une scolarité dite « normale » pouvait en pâtir. Cela peut paraître idiot mais à une époque où l'on ne cesse de nous répéter que le cerveau est comme un muscle, qu'il a besoin d'entraînement pour bien fonctionner, que le corps et la tête marchent ensemble, il y a de quoi se poser des questions, surtout quand la maladie qui touche votre fils s'attaque justement aux muscles.

C'est dire ma surprise quand, au cours de sa deuxième année à l'école de la Grotte Rolland, l'instit me convoque pour m'annoncer qu'il a fait passer des tests à Sofiane et que les résultats ne font aucun doute : il n'a rien à faire ici, ses capacités dépassent largement ce qu'on peut lui proposer dans cette école, il perd son temps et risque de s'ennuyer, ce serait dommage.

La bonne nouvelle ne me fait qu'à moitié plaisir : je me réjouis de savoir mon fils très doué, mais cela signifie qu'il faut le changer d'école alors que dans celle-là il y a tout : le kiné, la rééducation… et c'est bien pratique. Il va falloir revoir notre organisation, trouver les thérapeutes dont il a besoin, lui imposer des changements. En même temps, il n'y a pas à hésiter, je ne vais pas le laisser croupir à s'enquiquiner avec des gamins qui ne sont pas du tout du même niveau. Sofiane mérite mieux, il aura mieux.

Juste en face de la Grotte Rolland, l'école communale « normale » tient à lui faire passer de nouveaux tests afin de vérifier qu'il ne va pas se retrouver en difficulté. Il les réussit haut la main : 18/20 en dictée, zéro faute en grammaire et en calcul, preuve est faite qu'il n'a rien à faire dans une CLIS. Il est donc accepté à l'école mais, parce que nous sommes en plein milieu de l'année scolaire, il commence à temps partiel, trois jours par semaine, continuant le reste du temps à la Grotte Rolland, pour un changement et une intégration en douceur.

Voilà donc les débuts d'un parcours scolaire que je peux, en toute modestie (!), qualifier de parfait. Durant tout le primaire, Sofiane a plafonné à 18/20 dans toutes les matières et le bambin turbulent des débuts s'est métamorphosé en élève modèle. Il écoute, il s'intéresse, il participe et quand d'aventure un de ses copains parle trop à son goût, il le remet à sa place : « Si tu n'as pas envie de bosser, ce n'est pas une raison pour en empêcher les autres ! » Les carnets et bulletins sont pleins d'éloges des professeurs qui vont même jusqu'à le qualifier de « moteur de la classe ».

Pourtant, même si les bons élèves ont souvent mauvaise presse aujourd'hui, Sofiane ne s'est jamais fait traiter de fayot ou de lèche-bottes. Au collège comme au lycée, il n'a jamais rencontré aucun problème et a été accepté comme il est. Aucun rejet, jamais de mise à l'écart ou de stigmatisation ; s'il n'avait droit à aucun traitement de faveur, il n'a pas non plus souffert du regard des autres. Malheur à qui se serait essayé à le moquer ou le provoquer, Sofiane peut être terrible face aux imbéciles !

Parce qu'il sait que la vie est précieuse, il ne veut pas la perdre dans des embrouilles inutiles. Ce n'est pas parce qu'on est en fauteuil qu'on n'est pas un garçon de 8, 12 ou 15 ans et qu'on n'a pas envie de faire comme les autres. Sofiane a toujours été bien accueilli et parfaitement intégré. Il disputait même des matchs de foot avec ses copains. Drôle de chorégraphie dans laquelle dix couraient et le onzième, le défenseur, roulait ! Un jour, dans l'excitation d'un match, ses lunettes sont tombées. Il fallait voir l'affolement de l'équipe : « Ça va, Sofiane ? Tu es sûr, ça va ? » Il les a gentiment renvoyés à leur poste : « Je ne suis pas en sucre ! »

Pas en sucre, non, mais fragile.

Les études occupent une place importante dans la vie de Sofiane. Curieux, attentif, bosseur… et très intelligent, il n'a jamais rencontré de difficultés particulières, jamais redoublé, et a suivi un cursus brillant. Qu'il n'ait pas davantage profité de sa maladie pour échapper à l'école relève pour moi du mystère. Étant donné l'organisation et les efforts que son handicap réclame, je lui ai proposé plus d'une fois de laisser tomber, ou de suivre tout ça de loin, comme un passe-temps, mais il ne voulait même pas en entendre parler, me trouvait légère et inconséquente. Preuve qu'il voit plus loin que moi.

Le train de la recherche

2005. Au Téléthon, parmi tous les invités présents, le Pr Luis Garcia est en train d'expliquer les dernières découvertes de son équipe. Je ne saisis pas tout dans les détails, mais j'entends que des expériences ont permis de redonner de l'élasticité aux muscles de souris ou de chiens à qui on avait inoculé le gène de la myopathie de Duchenne.

Cet homme est une pointure, sa découverte fait souffler un vent d'espoir incroyable, je décide aussitôt de le rencontrer. Je sais qu'il travaille au Génocentre d'Évry, ça ne doit pas être compliqué de le contacter, c'est du moins ce que je crois jusqu'à ce que la secrétaire m'explique qu'il ne suffit pas de demander à parler au professeur pour qu'elle me le passe : si c'était comme ça, il ne ferait plus rien d'autre de ses journées que de répondre au téléphone, si j'ai des choses à lui dire, je dois prendre rendez-vous.

Pfff, tout ça me paraît trop long, je ne vais pas attendre des mois pour décrocher une entrevue, pendant ce temps, la myopathie de Duchenne continue son chemin… Une heure plus tard, je rappelle. La voix légèrement déformée, je me présente sous un nom d'emprunt : je suis journaliste, j'ai déjà eu le professeur au téléphone en vue d'un article, il était convenu que je le rappelle, mais j'ai perdu le numéro de sa ligne directe… La secrétaire hésite et finalement me le passe.

La supercherie amuse beaucoup le Pr Garcia. « Celle-là, on ne me l'avait jamais faite ! » dit-il avant de me fixer rendez-vous dix jours plus tard. J'oublie parfois de m'étonner de la facilité avec laquelle les portes s'ouvrent quand on a l'audace d'y frapper, mais je ne m'habitue jamais à la gentillesse, à la disponibilité, à l'humanité dont font preuve certaines personnes.

Comme il reçoit d'autres chercheurs, il vient lui-même à la gare pour nous conduire au Génocentre. Je suis entourée de super scientifiques, je visite tout le site avec un guide exceptionnel qui m'explique à quoi servent les machines, combien elles coûtent, les progrès qu'elles permettent. Si quiconque avait le moindre doute sur la destination des dons qu'il fait au Téléthon, la visite de ce centre rassurerait les plus sceptiques. Le Pr Garcia ne joue pas les inaccessibles, au contraire, il est soucieux de me faire comprendre, et de me montrer que la recherche progresse.

Sans entrer dans des détails fastidieux, il faut savoir que la myopathie de Duchenne, ou dystrophie musculaire de Duchenne, est liée à une anomalie d'un gène, le DMD, responsable de la production d'une protéine, la dystrophine, qui joue un rôle essentiel dans le soutien des fibres musculaires. Sans cette protéine, les fibres s'usent et finissent par se détruire. Une partie de la recherche s'est concentrée sur la thérapie génique, afin de remplacer le gène défaillant par un gène sain, mais s'est heurtée à un problème de taille, c'est le cas de le dire : le gène DMD est particulièrement grand et donc difficile à remplacer. C'est là qu'intervient une nouvelle avancée, dite « du saut d'exon ». Aux non-initiés, comme moi, il est ici utile d'expliquer un peu : l'ADN (acide désoxyribonucléique), qui contient notre génome, se sert de l'ARN (acide ribonucléique) comme messager pour porter les infos aux cellules. Dans le cas qui nous intéresse, sur un même gène certaines informations sont inutiles à la production de la dystrophine – les introns –, d'autres au contraire sont précieuses – les exons –, dont certains sont porteurs de l'anomalie (mais pas tous). Malin, l'ARN se débarrasse des introns pour ne garder que les exons, dans une opération appelée l'« épissage ». Encore plus malins, les chercheurs ont eu l'idée d'intervenir à ce moment très précis pour « sauter » les exons porteurs de l'anomalie. Comment ? Grâce à des molécules capables de les masquer et donc de rendre ses infos inaudibles. Résultat : la protéine produite est plus courte, mais parfaitement fonctionnelle… Si ça ne s'appelle pas de l'espoir, je ne m'y connais pas.

Je passe avec le Pr Garcia un moment inoubliable. C'est lui qui va m'orienter sur l'hôpital de Montpellier, vers le Pr Rivier qu'il connaît bien et qui est l'un des meilleurs spécialistes de la myopathie de Duchenne. Sofiane sera (très bien) suivi par lui jusqu'à sa majorité, après quoi il nous conseillera de nous rapprocher de l'hôpital Caremeau à Nîmes, et plus particulièrement du service du Dr Renard, neurologue spécialiste des maladies neuromusculaires et neurogénétiques. Il continuera d'aller à Montpellier pour tout ce qui concerne la trachéotomie et les difficultés respiratoires, avec le Pr Jonquet.

Avant de quitter le bureau du Pr Garcia, je lui donne deux photos que j'ai apportées pour lui. Sur la première, Sofiane a 4 ou 5 ans et, fièrement planté sur ses deux pieds, il pose en costume d'Arlequin. Sur la seconde, Sofiane a 10 ans, il est assis dans son fauteuil, ça fait déjà trois ans qu'il a perdu l'usage de ses jambes. Je suggère au Pr Garcia de coller les photos au-dessus de son bureau, pour se souvenir chaque jour des raisons pour lesquelles il vient travailler. Si jamais il a des moments de découragement, il doit se rappeler que Sofiane compte sur lui et tous les autres myopathes aussi. De mon côté, je repars avec ses mots précieux : « Le train de la recherche avance, vous êtes dans le bon wagon. »

Voyages, voyages

Sofiane adore les voyages, donc nous voyageons. Comme tout le monde, ou presque… à ce détail près que chaque voyage exige stratégie, organisation, intendance et réactivité, ce qui, vu de l'extérieur, peut l'assimiler à une bataille.

20 février 2009, départ pour New York, j'ai encore les tickets d'embarquement. Pour une fois, Sofiane a tenu à traverser l'Atlantique avec son père et sa mère, la petite famille est donc réunie au complet, ce qui n'arrive pas tous les jours, surtout pour partager une semaine de vacances. Marseille-Paris, Paris-New York, JFK Airport. Tout est réservé depuis plusieurs semaines, et j'ai bien précisé que l'un des passagers est PMR (personne à mobilité réduite) en fauteuil roulant électrique – détail capital car, à la différence du fauteuil mécanique, l'électrique se plie difficilement, voire pas du tout. Cela a dû échapper à quelqu'un ou l'info s'est perdue dans les réseaux du Web parce que, au moment de l'embarquement à Marseille, on nous signale un gros problème : le fauteuil ne rentre pas dans la soute, il va falloir attendre l'avion suivant.

Je garde – à peu près – mon calme pour signaler que nous avons un autre avion à prendre à Paris, mais personne ne s'affole, et on me recommande d'en faire autant, nous serons à Paris à temps. Sauf que deux heures plus tard, même topo, le fauteuil ne rentre pas plus dans la soute que dans celle du premier avion. Cette fois je m'énerve, la comédie a assez duré, je prends les choses en main et vais expliquer aux gars chargés des bagages comment faire entrer le fauteuil de Sofiane, en retirant certains accessoires et en le mettant à l'horizontale plutôt qu'à la verticale. Résultat, nous embarquons enfin. Mais il est trop tôt pour souffler : je ne sais pas si je me suis mal expliquée ou si les types étaient bouchés, à l'arrivée à Paris le fauteuil est complètement déréglé... *No comment.*

Il faudra un jour que je me mette à l'anglais : au cas où j'aurais eu des doutes, je vérifie dès notre arrivée à JFK que je suis nulle dans cette langue. Le père de Sofiane n'est pas plus brillant, heureusement notre fils est bien meilleur que nous et grâce à lui nous réussissons à trouver un taxi équipé pour fauteuil roulant qui nous conduit à notre hôtel.

New York est une ville magnifique mais l'hiver y est rude. Sofiane, qui déteste le froid et le supporte mal du fait de son immobilité, commence à regretter de ne pas avoir attendu juillet comme je l'avais suggéré, mais il était trop impatient de voir la « Big Apple ». Comme tous les adolescents de son âge, il est fasciné par cette ville, tout ce qu'elle véhicule comme mythologie, tout ce qu'elle semble promettre encore. Bien emmitouflé, il peut quand même se promener et nous ne nous privons pas. Il connaît tout de la ville, sait nous guider sans jamais se tromper, grâce à un de ses jeux favoris, *Grand Theft Auto* – comme quoi ces jeux sont décidément utiles ! Central Park, Broadway, la Cinquième Avenue, Chinatown et Little Italy… nous faisons la totale, bravant le froid et le mauvais temps, et nous régalant de cette ville si pleine d'énergie.

Impossible de quitter New York sans aller jusqu'à la statue de la Liberté. Cela fait nettement plus loin, mais New York est une ville soucieuse des handicapés, tous les lieux publics sont équipés pour qu'ils puissent y avoir accès, même les métros possèdent des ascenseurs et l'existence d'un tel ascenseur est la condition sine qua non pour nous lancer à l'assaut de la statue. Malgré mon anglais de cuisine, je demande à un passant dans la rue de m'indiquer la bonne station, il parle si vite que je ne comprends rien à sa réponse et suis obligée de lui faire répéter, pour plus de sûreté, je lui demande même de tout m'écrire sur un bout de papier, c'est plus simple.

Manque de chance, l'ascenseur ne marche pas ce jour-là, il faut rebrousser chemin, trouver une autre station où ça fonctionne. Durée de l'opération, une bonne heure, mais on ne regrette rien. Le spectacle vaut le déplacement, il y a une ambiance particulière là-bas, même si la première chose que nous voyons en arrivant est une pancarte « Allez l'OM ! » brandie par des supporters français, marseillais plus exactement – difficile d'y échapper, à croire qu'ils sont partout, ou qu'ils nous suivent !

Il y aurait plein d'anecdotes à raconter à propos de ce voyage et Sofiane aurait sûrement des choses différentes à en dire. Ce qui m'a frappée, moi, c'est ce rapport aux handicapés. Là-bas, ils ne sont pas seulement tolérés, voire acceptés, ils sont totalement intégrés. Le handicap n'apparaît pas comme une anormalité et les gens ne regardent pas les personnes en fauteuil avec commisération ou avec gêne. Et ça fait plaisir. Une expérience vécue illustre bien cette attitude saine et décontractée que beaucoup, à Marseille ou ailleurs, devraient prendre en exemple. Nous attendons le bus pour aller à la gare routière. Hélas, le système pour hisser le fauteuil ne fonctionne pas, nous ne pouvons pas monter. Au lieu de nous planter là d'un air mauvais en nous disant d'attendre le suivant et en nous claquant les portières au nez, comme cela nous est déjà arrivé à plusieurs reprises dans notre douce France, le chauffeur descend, me prête un manteau pour couvrir mes épaules car il tombe une pluie glaciale, et abrite Sofiane sous un parapluie. Dans le bus, personne ne bronche, personne ne s'impatiente ni ne râle, pourtant le chauffeur refuse de repartir tant qu'un autre bus, équipé celui-là, n'est pas arrivé. Cette petite plaisanterie dure plus de vingt minutes sans que personne nous fasse la moindre réflexion ni même nous lance des regards noirs de reproches. Et quand arrive le second bus, les controleurs qui sont venus à la rescousse refusent que je paie vu que nous avons eu des problèmes avec le précédent. J'ai l'impression de rêver ! Les États-Unis sont vraiment une autre planète !

Le retour au pays se fait en trois étapes : New York-Boston, Boston-Paris, Paris-Marseille, une expédition. La première étape commence mal, pas à cause d'un problème de fauteuil mais à cause du mauvais temps, l'avion a du retard, et quand nous embarquons enfin, nous découvrons un petit coucou qui ne paraît pas de taille à résister aux turbulences. Pour couronner le tout, un de nos voisins déplie un journal où il est question d'un récent crash aérien. Déjà peu rassuré en temps normal, Sofiane s'inquiète pour de bon. Le steward le repère et tente de le réconforter : « Même si ça secoue, même si tu entends des bruits qui te semblent bizarres, ne t'inquiète pas. Regarde-moi, et dis-toi que tant que je souris, c'est qu'il n'y a aucun danger. » Il ne perd pas le sourire de tout le (court) trajet, mais ne réussit pas pour autant à rassurer Sofiane qui n'en mène pas large et s'agrippe à son siège en serrant les dents, incapable de se détendre. Même si les deux étapes suivantes se passent mieux et dans des avions plus « solides », en posant non pas le pied mais la roue sur le tarmac de Marseille, Sofiane, tout vert, déclare : « Plus jamais ça ! »

Plus jamais d'avion, quel qu'il soit, ça veut dire que certaines destinations nous sont interdites et qu'il va falloir se débrouiller avec voitures, trains et bateaux. Pourquoi pas ? Pour autant, pas question de renoncer aux voyages.

Alors nous voyageons, aussi souvent que cela nous est possible. Comme tout le monde, à ceci près que nous ne voyageons pas léger et que l'essentiel de nos bagages n'est pas constitué d'une simple garde-robe mais de quelques « accessoires » plus ou moins encombrants. La liste de l'équipement indispensable est longue. Grosso modo il faut compter trois respirateurs, deux machines pour aspirer les glaires, des sondes pour aspirer les crachats (on ne sait jamais combien seront nécessaires, il faut donc prévoir très large pour parer à toute éventualité), une trachéo de rechange, des pansements, du sparadrap, le chargeur de la machine à respirer, le chargeur du fauteuil, la machine pour humidifier, des rallonges, des prises multiples, un ou deux adaptateurs au cas où... À New York, je n'en avais pas, celui de la réception avait été prêté à une femme à qui il a fallu le réclamer. Elle a eu l'air affolée à l'idée de me le passer, inquiète de savoir comment elle allait bien pouvoir se sécher les cheveux. Passons...

Le moindre oubli risque de nous pourrir les vacances, et de me faire culpabiliser. Je ne peux même pas charger la voiture la veille du départ vu que nous avons besoin du matériel jusqu'au dernier moment. Le chargement a tout du déménagement mais je n'y prête plus attention.

Quand je suis dans le feu de l'action, je ne pense à rien d'autre, j'agis, je fais ce qu'il y a à faire, et quand je me pose, parfois je me dis que c'est de la folie, que tout départ en vacances est pour moi source de deux fois plus de travail, de préoccupations, de préparatifs. Mais par rapport au plaisir que ces voyages procurent à Sofiane, tout le reste est secondaire. La manutention, l'organisation, le chargement, les galères… je m'en fous du moment qu'il est heureux. Et heureux il l'est. Ce n'est pas parce qu'il ne marche pas qu'il ne profite pas. Il visite avec ses yeux, avec son cœur, avec son intelligence. Il est curieux, plein d'élan, joyeux, je ne vois pas pourquoi je le priverais de ces plaisirs-là sous prétexte que ça me fatigue. L'Espagne, l'Italie, la Tunisie, la Sicile, le Maroc, et même la Vendée ou Arcachon, à chaque fois c'est une aventure que je ne regrette jamais.

C'est sûr que Sofiane ne serait pas là, je ne ferais pas tout ça. Mais il est là et bien là.

Un jour que je racontais l'un de nos périples au Pr Jonquet qui le suit pour sa trachéo, il a dit : « Au fond, c'est vous qui avez raison. À force de vouloir à tout prix et par tous les moyens les empêcher de mourir, on finit trop souvent par les empêcher de vivre. »

Une autre vie pour Sofiane

Si je voulais provoquer, je dirais qu'être handicapé est un luxe. Le matériel indispensable coûte cher, n'est pas toujours pris en charge à 100 % et pourtant il est utile pour rendre la vie de nos enfants moins inconfortable.

Nous nous en sortons, mais non sans mal, et parfois j'en ai assez de ramer pour tout.

L'idée de l'association Une autre vie pour Sofiane est née par hasard, dans une discothèque où le patron fait venir plein d'artistes qui se produisent en direct le week-end. Une amie qui le connaît me le présente, je lui explique que j'aimerais moi aussi organiser une soirée spectacle pour récolter des fonds en vue d'acheter une voiture équipée, histoire de pouvoir y entrer le fauteuil sans le plier – cela éviterait des manipulations pas toujours agréables pour Sofiane, et pour moi beaucoup de manutention. C'est cet homme qui me conseille de créer une association, seul moyen de récolter des fonds légalement, lui aussi qui me donne les coordonnées d'El Chato, un chanteur gitan repéré à la télé. Je prends contact avec lui, le préviens que je n'ai pas de budget mais que je prendrai en charge ses frais de déplacement, et il accepte, propose même de faire venir ses amis artistes.

La date retenue est le 18 février 2006. La mairie m'a prêté la grande salle de Port-de-Bouc, la boulangerie m'a offert des baguettes pour confectionner des sandwichs, la société Ricard l'apéritif, le patron de la discothèque m'a prêté les deux baraqués qui assurent habituellement son service de sécurité. Tout est prêt. Mon père est à l'entrée pour récolter les dix euros du prix des billets, ma mère et deux copines venues exprès de Charleville assurent la buvette. Plus de six cents personnes se pressent dans une salle censée n'en contenir que cinq cents, c'est un vrai succès et un vrai moment de plaisir. El Chato n'a pas lésiné, ils sont sept à se partager la scène ce soir-là. L'ambiance est bonne, je me sens bien, Sofiane a l'air heureux et la soirée nous rapporte la jolie somme de six mille euros, un bon complément pour acheter la voiture dont nous avons besoin.

Finalement, El Chato refusera que je lui rembourse ses frais de transport, et la société qui a fourni la sono renoncera à me faire payer les cinq cents euros demandés.

La vie n'est peut-être pas facile tous les jours, mais elle réserve des super moments et nous fait parfois rencontrer des gens formidablement généreux, merveilleusement humains.

Le succès de cette soirée a été tel que je recommencerai l'année suivante. Avec la même affiche car

El Chato et ses amis ont un grand cœur. Succès un peu moindre, trois cent cinquante personnes seulement, c'est mieux que rien, mais ça me montre qu'il ne faut pas se répéter, ni solliciter les gens trop souvent. J'attendrai un bon bout de temps avant de penser à organiser autre chose, l'association restera en veilleuse tant que la voiture marchera.

Petit à petit

L'évolution de la maladie se fait par paliers, les difficultés augmentant proportionnellement à la perte musculaire. Comment énumérer ces différentes étapes sans tomber dans un sinistre inventaire, et sans se faire trop de mal en revivant un passé que je préfère laisser là où il est pour mieux me consacrer au présent ?

Deux ans après avoir eu son fauteuil, Sofiane ne pouvait plus du tout se lever, ses jambes ne le portaient plus. C'est aussi à ce moment-là qu'il a commencé une corticothérapie dont l'action anti-inflammatoire s'avère bénéfique dans son cas. Ce traitement durera sept ans, non sans certains effets secondaires, dont le plus visible est sans aucun doute la prise de poids. Pour la limiter, il aurait fallu un régime sans sel, mais peut-on priver de tout un enfant à qui la maladie ne cesse d'imposer de nouvelles contraintes ? Malgré les recommandations de la diététicienne, Sofiane continuait à manger ce dont il avait envie, et souvent salé parce qu'il aime ça. Sans grande surprise, il s'est donc mis à enfler, enfler,

enfler, mais il n'était pas comme la grenouille de La Fontaine qui voulait se faire aussi grosse que le bœuf, il ne creva pas comme un ballon trop tendu, mais réussit à se faire aussi gros qu'un sumo – la force en moins. Il a allègrement atteint les soixante-dix kilos, mais je m'en suis à peine aperçu, continuant à le porter comme si de rien n'était.

Qu'est-ce que ça peut bien faire des kilos en trop quand on ne peut pas marcher, quand tout doucement, insidieusement, on a de plus en plus de mal à bouger ? Les jambes ont été les premières touchées, mais le haut du corps gardait toute sa mobilité. Et puis le haut du corps s'est ralenti lui aussi, et les bras, et les mains, et puis…

À 15 ans, Sofiane ne peut plus rien faire tout seul : se lever, se laver, s'habiller, manger, attraper des objets… pour tous les gestes de la vie quotidienne, il a désormais besoin de quelqu'un. Mais le pire, pour lui, est sûrement de ne plus pouvoir jouer à la PlayStation. Beaucoup de spécialistes de l'enfance et de l'adolescence critiquent l'usage des jeux vidéo, mais dans le cas de Sofiane, ou de n'importe quel enfant handicapé, ces jeux sont une fenêtre ouverte sur le monde, la possibilité de courir, marcher, sauter, grimper et accomplir tous les exploits physiques que la maladie interdit, autrement dit la PlayStation leur offre aussi la possibilité de rêver un peu et de s'échapper. Alors oui, pour lui, l'impossibilité de jouer à la PlayStation est vécue comme un drame et provoque une grande souffrance, comme s'il réalisait que la maladie est vraiment en train de le rattraper.

Il ne pleure pas, il ne se plaint pas, il serre les dents. Et il y a de quoi. Car c'est vrai, la maladie progresse et s'étend, se faisant plus menaçante.

Une scoliose est apparue depuis trois ou quatre ans déjà, mais elle va en s'intensifiant, moyennant quoi Sofiane a de plus en plus de mal à tenir son buste droit, et surtout cette scoliose influe sur sa respiration, qui devient plus difficile. Il faut donc envisager une arthrodèse, opération qui consiste à fixer des tiges d'acier tout le long de la colonne afin de la redresser. Mais on ne peut la pratiquer que sous conditions : la croissance de la colonne vertébrale doit être terminée et l'état du patient assez satisfaisant d'un point de vue respiratoire et cardiaque.

Sofiane a subi cette intervention à 15 ans. Avant il n'avait pas terminé sa croissance, et après il n'aurait pas pu supporter l'anesthésie. Les myopathes sont en effet sous très haute surveillance lors des anesthésies du fait de la détérioration de leur muscle cardiaque et de leur diaphragme.

Comme toujours, Sofiane ne dit rien et n'a pas l'air (trop) inquiet. Moi non plus. Je ne sais jamais lequel de nous deux donne le tempo, lequel des deux prend exemple sur l'autre, mais nous nous soutenons, c'est certain.

Le plus pénible et le plus effrayant est de ne pas pouvoir être à côté de mon fils pendant l'opération. Il ne tiendrait qu'à moi, j'y assisterais pour qu'il sente ma présence, même dans les vapes. J'ai tout de même réussi à négocier de le rejoindre en salle de réveil. J'ai eu du mal à convaincre les médecins, mais j'ai expliqué qu'ayant travaillé au bloc d'une clinique de Cannes quand j'étais jeune, j'avais eu l'occasion de voir des tas de choses et de les supporter, et puis quand il s'agit de son enfant, c'est différent, pour composer au mieux avec la maladie, il faut accepter les soins, savoir à quoi s'en tenir, ne pas avoir peur. Âmes sensibles s'abstenir.

Ils sont venus le chercher à 8 heures, je l'ai accompagné jusqu'à la salle d'opération, au bord des larmes, puis je suis remontée dans la chambre pour attendre, mais je ne pouvais pas rester en place. Je me suis postée à proximité du bloc opératoire pour guetter sa sortie, je bondissais dès que le battant s'ouvrait, mais ce n'était jamais lui, et je harcelais les infirmières pour leur demander comment ça se passait à l'intérieur…

À 12 h 50, on m'a apporté les chaussons et la blouse obligatoires pour entrer en salle de réveil. Un homme hurlait tandis que Sofiane émergeait, ne sachant plus trop ni où il était, ni ce qu'il faisait. « Ne t'inquiète pas, mon chéri, tout va bien, il y a juste un monsieur qui a un réveil un peu difficile. »

Le réveil de Sofiane, lui, s'est fait sans cris. Il a passé deux jours allongé, qui pouvaient laisser croire que ce n'était pas aussi terrible que ce qu'on craignait, mais le troisième jour quand il s'est agi de s'asseoir… Aïe, aïe, aïe. Quelle horreur ! Il a hurlé, blêmi, soudain pris de nausée sous le coup d'une douleur atroce. Le plus pénible pour une mère, c'est de voir souffrir son enfant et de savoir qu'elle ne peut pas le soulager.

Je ne le quitte pas, je reste là près de lui, jour et nuit, nuit et jour, tous placés sous le signe d'une souffrance démente. Je fais ce que je peux – pas grand-chose –, mais je suis là, je lui parle, lui donne à boire, l'encourage… c'est mieux que rien. Je ne veux pas qu'il soit seul un instant et je sais que le personnel hospitalier ne peut pas se substituer à une mère.

Un beau matin, l'aide-soignante qui réveille tout le monde aux aurores pour le petit déjeuner déclare que je n'ai pas le droit à un bol de chocolat matinal ! À bout de nerfs, je n'ai plus le moindre sens de l'humour. Elle va me donner ce bol de chocolat et vite, sinon ça va mal se passer. Non, non et non, pas de chocolat chaud, tant pis pour moi, il n'y a aucune raison pour que l'hôpital me l'offre, si j'en veux vraiment un, je n'ai qu'à me le payer. Je m'étrangle : « C'est ton père qui possède l'hôpital et paie le petit déjeuner et tu veilles sur le capital dont tu espères hériter ou quoi ? » Je perds le contrôle, je hausse la voix et me fais menaçante : « Je veux mon chocolat. Je paie déjà le déjeuner et le dîner, mais le petit déjeuner est compris dans le prix. »

L'autre ne veut rien savoir, sûre de son bon droit, avec cette arrogance mesquine de celle qui, aigrie de n'être rien, tente d'exercer un tout petit pouvoir dès qu'elle le peut pour avoir enfin le sentiment de sa propre existence.

Je ne cède pas, elle non plus, le ton monte, je m'avance vers elle, à deux doigts de lui en coller une. À nous deux, nous faisons un tel barouf que la sécurité de l'hôpital intervient, suivie de l'infirmière en chef à qui j'explique que c'est terminé, je préfère rentrer à la maison avec mon fils et organiser une hospitalisation à domicile, il est hors de question que j'aie encore le moindre contact avec un personnel dénué de toute empathie. Désireuse d'éviter un scandale qui risquerait de ternir la réputation de son hôpital, l'infirmière-chef promet que ça va s'arranger, et je ne verrai plus celle qui m'a refusé le petit déjeuner auquel bien sûr j'ai droit.

Ma réaction peut paraître un peu disproportionnée pour un simple bol de chocolat et certains diront que je n'avais qu'à aller en chercher un à la machine, mais l'incident survient après déjà quelques jours qui ont mis ma patience à rude épreuve. Il a fallu supporter les réflexions du style : « Une mère ne dort pas avec son fils ! », les « Quoi encore ? » bougonnants quand Sofiane appelait parce qu'il avait trop mal et un « J'suis pas psychologue, moi » quand j'ai suggéré à cette soignante odieuse de s'essayer à un peu de diplomatie – me retenant de lui dire qu'elle n'était pas plus infirmière que psychologue, qu'elle n'était rien, juste une femme sans la moindre humanité. Il suffisait que Sofiane réussisse enfin à s'endormir pour qu'elle ait un besoin urgent de prendre sa tension, entre dans la chambre sans frapper, avec son air revêche et mécontent d'être là. Inutile de lui demander de repasser plus tard, elle n'avait pas que ça à faire, elle accomplissait ses tâches sans cœur ni âme, réduisant son beau métier à une corvée répétitive.

Peut-être que c'est l'hôpital qui transforme en robots ceux et celles qui y travaillent, les horaires décalés, les sous-effectifs, les salaires anormalement bas, tout ce contre quoi tentent de se battre les personnels soignants. Mais les patients n'y peuvent rien, ils ne viennent pas à l'hôpital de leur plein gré dans l'intention de provoquer une surcharge de travail ! Ils ont besoin de soins, d'attention, de douceur, mais visiblement c'est trop demander à certains. Moi, tout ce que je vois, c'est que mon fils souffre au-delà de ce qui est imaginable et tout le monde a l'air de s'en foutre.

Une nuit de souffrance insupportable, j'appelle pour avoir un calmant. Personne ne vient. Je sonne une nouvelle fois, personne. Je me décide à partir à la recherche de l'infirmier de garde. Pas besoin d'aller bien loin : tranquillement assis dans le local des infirmiers, les pieds sur une chaise, monsieur est en train de faire ses achats sur Internet. Je m'étrangle. Parce que je suis là, que je veille sur mon fils, il pense sûrement qu'il peut se la couler douce, ça ne lui pose aucun problème de déléguer. J'ai rarement vu pareille légèreté.

Quand, après une nuit passée à chercher un peu d'apaisement, Sofiane s'endort enfin, et moi avec lui, même les femmes de ménage s'acharnent à déplacer fauteuils et tables de nuit en cognant les murs comme pour signifier : « Allez, debout ! Vous n'êtes pas là pour feignasser, ce n'est pas un hôtel ici. » Elles ne le disent pas à voix haute, mais tout dans leur attitude et leur mine réprobatrice le hurle. Or moi, quand on traite mal mon fils, quand on n'est pas assez humain pour respecter sa souffrance et lui témoigner le minimum syndical de compassion, je sors les griffes, personne ne me fait peur et rien ne m'arrêtera pour obtenir ce qui lui est dû.

Au bout de quelques jours, rares sont celles et ceux qui franchissent encore la porte de notre chambre. La plupart disent que je suis insupportable et ne supporte rien ni personne, mais est-ce qu'ils essaient, ne serait-ce qu'un instant, de se mettre à ma place ?

Mon fils vient de subir une très grosse intervention, il souffre, je dors – ou essaie de dormir – dans un fauteuil-lit inconfortable, je lui donne à boire quand il a besoin, j'actionne la pompe à morphine quand il le réclame, je fais sa toilette, je l'aide à manger et à changer de position, et je me coltine des gens qui me regardent de haut, prétendent me dire ce que j'ai à faire et qui, pour couronner le tout, me refusent un petit déjeuner.

Le problème de certaines infirmières, c'est qu'elles sont persuadées d'avoir la science infuse, elles se croient califes à la place du calife, et ne tolèrent pas la moindre remarque, la moindre remise en cause. Mais en tant que mère d'un enfant atteint d'une maladie rare, qui a déjà visité pas mal d'hôpitaux, rencontré beaucoup de médecins, vécu beaucoup de galères et sait exactement ce qui se passe parce qu'elle vit la maladie au quotidien, je pense avoir droit au titre de soignante spécialisée dans la myopathie de Duchenne et n'avoir aucune leçon à recevoir d'une infirmière lambda, qui quoi qu'elle dise n'a pas la moindre idée de ce qu'il faut faire et se contente d'appliquer des protocoles sans toujours savoir à quoi ils servent. Trop souvent le personnel soignant prodigue des soins à des « cas » et à des pathologies, il oublie la personne, c'est plus simple et ça réclame moins d'engagement. Pourtant, même si l'entourage est présent autour du malade, cela ne suffit pas, il a parfois besoin d'être rassuré par des professionnels qui portent une parole différente et dont les compétences et le savoir apparaissent à certains moments plus sécurisants que l'affection des proches.

Certains me disent de faire confiance, de ne pas être d'emblée sur la défensive, mais encore faudrait-il qu'on me donne la preuve que je peux faire confiance. Or, dans la chambre à côté de la nôtre, un gamin appelle toute la journée. Sous prétexte qu'il a des problèmes de comportement, ils l'ont attaché ! Je deviens dingue quand je vois des trucs pareils, c'est une honte, pour les parents qui le laissent seul et pour le personnel qui se débarrasse du problème en le ligotant.

Aussi longtemps que je vivrai, Sofiane ne sera jamais seul à l'hôpital, même une seule nuit, même si l'on me dit qu'il est majeur et que je n'ai pas le droit de rester avec lui. De toute façon, il ne l'accepterait pas non plus. Tous les hôpitaux ne sont pas semblables à celui-là mais ça ne change rien à l'affaire. Lorsque nous devons y aller, nous sommes lui et moi sur nos gardes, en alerte. Au moindre faux pas, je suis prête à exploser et/ou à mordre, et Sofiane s'inquiète de voir sa mère ignorée ou maltraitée, obligée de montrer les dents pour le défendre et le protéger.

Quatre heures d'opération, cent vingt agrafes dans le dos, une pompe à morphine pour pallier l'horrible douleur… Il était prévu que Sofiane reste au moins douze jours à l'hôpital, au bout d'une semaine il demande à rentrer à la maison. Le chirurgien accepte à condition qu'il se repose pendant au moins deux semaines. Mais huit jours plus tard, c'est la fin des vacances, et Sofiane retourne au collège. Comme il dit, « quitte à souffrir, autant souffrir en cours et en apprenant quelque chose ». Je ne tente pas de le dissuader en le forçant au repos, je suis bluffée par sa volonté et son courage. Je sais, moi, à quel point il a mal, je le vois quand je le lève, le lave, le porte, à chaque fois c'est un calvaire atroce – et je pèse mes mots. Mais il tient bon, il ne se plaint pas, il continue d'étudier. Il refuse de céder à la maladie plus que ce qu'elle exige et qui est déjà exorbitant. La myopathie de Duchenne condamne son corps à l'immobilité mais elle n'aura pas sa tête.

Même si la douleur va en s'estompant, elle le torturera pendant plus d'un an.

Chapeau, mon fils !

Cauchemar

Le paysage est blanc de neige et de givre, et la surface du lac comme une patinoire.

Sofiane s'y aventure avec son fauteuil, je ne sais pas pourquoi je ne l'accompagne pas, je reste sur le bord à le regarder, heureux de cette drôle de séance de patinage sans patins.

L'épaisse couverture de neige absorbe tous les bruits, le silence est doux et confortable.

Soudain un craquement, la glace cède sous le poids du fauteuil, qui disparaît. Quelques bulles à peine et le silence revient.

Je me réveille angoissée comme jamais, j'ai du mal à respirer. Il est trois heures du matin, je ne peux pas me rendormir.

Pendant une semaine, ce cauchemar me hante.

Entre nous, la mort n'est pas un sujet tabou. Mais en parler est une chose, la voir faire irruption fût-ce dans un rêve en est une autre. Comme si tout à coup elle se rapprochait, devenait palpable.

Pourtant, elle est présente à chaque instant de notre vie ou presque, en filigrane, surtout quand pour une raison ou une autre nous devons nous séparer – ce qui arrive tout de même régulièrement, pour me permettre d'aller faire du sport, mais aussi pour des rendez-vous, des démarches que je n'impose pas à Sofiane. Chacune de ces mini-séparations ne se fait jamais sans appréhension, même si certains jours elle est plus insistante que d'autres. Je ne peux pas m'empêcher de récapituler les comptes, l'épargne, l'assurance vie… pour que Sofiane ne soit pas pris au dépourvu. Pour qu'au moins, matériellement, il soit à l'abri.

S'il évoque sa mort à lui, Sofiane me fait promettre de tenir et répète ses recommandations. Ne pas me laisser aller, ne pas sombrer dans le désespoir, l'alcool, la drogue, ou n'importe quoi pourvu que ça me déconnecte de la souffrance due à l'absence. Il m'affirme qu'il m'enverra des signes, pour me prouver que, où qu'il soit, il ne m'a pas quittée, il continue d'être à mes côtés, présent et attentif pour m'empêcher de faire des conneries. Sofiane veille sur moi au moins autant que je veille sur lui.

Je n'aime pas regarder en arrière et reconstruire une vie imaginaire, mais je me demande parfois ce que je serais devenue sans lui, ce que l'adolescente puis la jeune adulte rebelle, un peu instable, aimant flirter avec les limites et les interdits, changeant sans cesse de lieu et de job, serait devenue si la vie ne s'était pas chargée de me remettre brutalement les deux pieds sur terre.

L'impossible séparation

S'il faut qualifier la relation entre Sofiane et moi, le premier mot qui me vient est « fusionnelle ». Je l'ai dit, dès le départ, j'ai été captée par mon fils qui a focalisé toute mon attention et tout mon amour et la maladie est venue renforcer un lien déjà très, très intense.

La fusion a donc été immédiate, et s'est sans doute renforcée du fait que, très vite, nous nous sommes retrouvés tous les deux. J'avais cru un moment que la naissance allait nous rapprocher, son père et moi, mais comme chacun sait, un enfant n'est pas un pansement pour couple en voie de décomposition.

Hamid était très pris par le sport, les entraînements, les compétitions, il était plus souvent à Paris ou en stage en altitude qu'à Charleville et moi je n'avais pas envie de quitter cette ville où j'avais mes copains, ma famille, le médecin qui me suivait et la clinique pour accoucher. La naissance de Sofiane a fini d'éclipser Hamid : je n'avais plus d'yeux que pour mon fils et le cœur pas assez grand pour aimer un homme.

Hamid était heureux de cette naissance, heureux d'avoir un fils, mais pas prêt à sacrifier quoi que ce soit de sa carrière, de consentir au moindre effort pour lui accorder un peu plus de temps et d'attention. Nous nous sommes séparés une première fois quand Sofiane avait 6 mois, puis nous avons renoué, mais de façon un peu plus distante. Quand Sofiane a eu cette fameuse gastro et qu'a commencé l'enchaînement des rendez-vous médicaux, pas une seule fois Hamid n'a proposé d'y aller seul avec son fils ni même de nous accompagner. Sûr que je ne lui aurais cédé ma place sous aucun prétexte, et je ne sais pas si j'aurais même accepté qu'il nous accompagne.

Nous avons fini par nous séparer pour de bon à ce moment-là, sans drame, sans crise, sans hystérie. Je n'ai rien demandé, pas de pension, pas de prestation compensatoire, rien. Je voulais qu'il puisse voir son fils librement, c'est tout, mais qu'il ne se mêle pas de notre vie à chaque instant. Je ne prenais pas un grand risque, Hamid a consenti à tout, il s'en sortait bien, il pouvait être père à moindres frais, ce n'est pas donné à tout le monde.

Alors, oui, c'est vrai, Sofiane et moi avons presque toujours vécu tous les deux seuls. Avec du monde autour, de la famille, des amis, mais à la maison et dans la vie de tous les jours, c'est lui et moi, moi et lui.

Dès sa naissance et même avant le diagnostic de sa maladie, je répugnais à m'en séparer. Puisque j'avais la chance de pouvoir m'en occuper, j'en ai profité sans me priver. La première séparation, le temps de m'installer près de Grenoble, m'ayant laissé un souvenir terrible, je n'ai jamais eu très envie de recommencer.

Au début de mon activité de conductrice, je l'emmenais partout avec moi. Parce qu'il était tout petit, je pouvais lui faire sécher l'école sans me faire rappeler à l'ordre. Je le revois dans le car, sur le premier siège, au premier rang en entrant, à droite par rapport à moi pour que je puisse jeter un œil sur lui. Il passait le plus clair des trajets le nez sur sa GameBoy, l'agilité de ses doigts et de ses mains compensant la faiblesse de ses jambes.

Lors d'un trajet Grenoble-Paris, manque de chance, aux environs de Valence, un essieu lâche. Le temps de me rabattre sur la bande d'arrêt d'urgence, le service de sécurité de l'autoroute et la gendarmerie sont sur les lieux. Les gendarmes évacuent les passagers par petits groupes pour les conduire sur l'aire de repos la plus proche, il serait trop dangereux qu'ils restent dans le car. Arrive le tour de Sofiane, je commence par protester gentiment, il est mieux avec moi, il n'y a pas de problème, je peux le garder. Les gendarmes insistent sur les risques que je lui fais courir, sur le fait qu'ils n'ont pas le droit de le laisser là et doivent impérativement l'emmener avec les autres passagers. Les hurlements de Sofiane finissent par les convaincre qu'il vaut mieux pour eux faire une entorse à leur règlement et ne pas nous séparer.

De toute façon, l'attente ne s'éternise pas. La société, que j'ai prévenue, m'envoie un nouveau car, je me dépêche de faire remonter tout le monde pour essayer de rattraper un peu du retard : Paris n'est pas leur destination finale, mais une escale où le groupe va prendre un autre bus qui les mènera à Calais où ils prendront un ferry pour rejoindre l'Angleterre. Afin de respecter le temps de conduite autorisé, ma société prend en charge mes frais de déplacement, je reste donc à Paris, mais n'ai pas le loisir d'en profiter et d'emmener Sofiane découvrir la Ville Lumière. Je suis crevée, me couche sans demander mon reste pour repartir de bonne heure le lendemain matin. La vie de conductrice de car n'est pas facile pour la maman que je suis, mais tant que mon fils et moi pouvons être ensemble, tout le reste me semble supportable.

La première vraie séparation a lieu un été. Sofiane a 10 ans, son père travaille à présent dans le bâtiment en Corse, il a loué une maison sur place, à Ajaccio, et souhaite passer une partie des vacances avec son fils. Cela demande une vraie organisation et le voyage relève de l'épopée, mais c'est pour la bonne cause : le renforcement de la relation père-fils. Nous prenons le bateau à Marseille, puis la voiture pour rejoindre Ajaccio. Et là, je suis bien obligée de me rendre à l'évidence que je prenais soin de ne même pas imaginer : je suis arrivée avec mon fils mais je dois repartir sans lui. Le cœur gros, c'est peu dire. Le cœur lourd et des larmes plein les yeux, je refais le trajet dans l'autre sens, seule, sans Sofiane. Chaque kilomètre parcouru m'éloigne un peu plus de lui, la distance creuse un gouffre en moi, j'ai l'impression qu'il m'aspire, je m'y enfonce, je manque d'air, je ferais n'importe quoi pour retourner en Corse, me faire toute petite dans un coin pour ne pas intervenir dans le tête-à-tête père-fils, pourvu que je continue à voir Sofiane, que je sois sûre qu'il est bien, qu'il a tout ce qui lui faut, qu'il est heureux. Mais je suis une grande fille, alors je poursuis la route avec le sentiment d'un vide insupportable.

Les jours qui suivent, la tristesse ne s'estompe pas, au contraire. En vacances moi aussi, je n'ai envie de rien et passe mes journées à pleurer sur mon canapé, détruite par le manque. La vie n'a plus de saveur sans mon Sofiane… dont la peine fait écho à la mienne. De son côté, il a bien du mal à profiter de la beauté de la Corse et de la présence de son père, il ne supporte pas mieux la séparation que moi. Nos conversations téléphoniques sont terribles. Il m'appelle en cachette de son père, retient difficilement ses larmes (moi aussi) et, s'il ne le dit pas ouvertement, laisse transparaître son désir de rentrer. Je tente comme je peux de me montrer raisonnable, de l'encourager à profiter de ces moments qu'il attendait, mais je ne dois pas être très convaincante et, finalement, Sofiane obtient gain de cause : son père n'en peut plus de le voir passer ses journées au téléphone avec moi alors qu'il fait son possible pour l'occuper, le distraire, je lui suggère donc de le ramener, ce sera mieux pour tout le monde. Hamid est furieux, il est en Corse pour travailler, pas pour écouter les états d'âme de son fils et céder à ses caprices, mais la situation étant ce qu'elle est, il finit par accepter.

D'un coup, la vie reprend des couleurs, je retrouve mon oxygène et peux à nouveau respirer normalement, et je me mets à compter les heures qui me séparent de son retour. Je suis au port plus d'une heure avant l'horaire prévu, trépignant sur le quai en vérifiant ma montre toutes les trois minutes. Quand enfin Sofiane descend du bateau, je bouscule tout le monde pour le serrer dans mes bras. Le cauchemar aura duré quelques jours qui m'ont paru une éternité. Je pleure, je ris, je le couvre de baisers. Les policiers qui surveillent le quai, émus par ces retrouvailles, me demandent depuis combien de temps nous ne nous sommes pas vus. Quand je réponds que ça fait moins d'une semaine, ils ont l'air ahuris. Ils ne disent rien mais leur mine parle pour eux : ils sont en présence de deux dingues !

Qu'ils pensent ce qu'ils veulent, je m'en moque. Sofiane et moi sommes à nouveau ensemble, le reste n'a plus aucune importance.

J'entends déjà les commentaires : quoi, à 11 ans, ce garçon ne peut pas se séparer de sa mère ? Encore, lui, il a des circonstances atténuantes, il est malade… Mais elle ? Elle ne sait pas que son fils a besoin de son père ? Qu'elle doit lui apprendre à se détacher ? Que la fusion entre une mère et son enfant n'est pas bonne du tout ? Elle empêche l'autonomie, elle étouffe, elle emprisonne, elle abîme… Et elle autorise tous les commentaires plus ou moins bien intentionnés – et souvent franchement malveillants.

Je sais que, sans jamais me le dire en face, ou seulement de façon détournée, certains pensent que la relation entre Sofiane et moi n'est pas « normale ». Visiblement notre duo gêne, embarrasse, interroge. Mais je n'ai pas à me justifier : j'aime mon fils, il me rend heureuse et fière, et je lui donne tout ce que j'ai pour être à la hauteur du bonheur qu'il me procure.

Et il se trouve que notre bonheur, c'est d'être ensemble. Fusionnels, oui, n'en déplaise aux grands défenseurs de l'autonomie – et ils sont nombreux.

En tête de liste, le corps médical qui, outre les soins qu'il prodigue pour pallier les effets de la maladie, prêche l'autonomie de l'enfant, et donc la distance avec les parents qui, eux, les pauvres, après tant d'émotions et de galères dues à la maladie, méritent le repos.

Voilà pourquoi, au cours d'une visite de contrôle à Gui-de-Chauliac, à Montpellier, le médecin suggère à Sofiane de passer une partie de ses vacances dans un centre spécialisé pour enfants atteints de handicap lourd. Évidemment, ce centre est formidable, possède tous les équipements nécessaires, est animé par des professionnels compétents et à l'écoute, et Sofiane y sera comme un coq en pâte, veillé comme le lait sur le feu, chouchouté. Et puis surtout, dit-il, il est largement temps, à 13 ans, que Sofiane apprenne à se passer de moi, et à faire confiance à d'autres personnes. Quant à moi, il est évident que j'ai besoin de récupérer. C'est ainsi que, bien malgré nous, une deuxième grande séparation se profile.

Je ne suis pas contrariante, Sofiane ne bronche pas non plus, je remplis donc en avril un dossier pour un centre superbement équipé dans les Cévennes, où il est censé passer une bonne partie du mois de juillet. Nous n'en parlons pas, mais le ver est dans le fruit et la perspective de cette séparation s'installe dans nos têtes. On a beau essayer de ne pas y penser, on ne pense qu'à ça, et au fil des jours, des semaines, l'obsession vire à la hantise, et l'angoisse nous assaille.

Il le faut, c'est pour son bien et le mien.

Il le faut, c'est pour son bien et le mien.

Il le faut, c'est pour son bien et le mien.

Je peux bien me répéter ces mots en boucle, ce n'est pas suffisant pour me convaincre. Au contraire, le doute s'installe : les médecins savent-ils vraiment ce qui est le mieux pour le malade et son entourage ? Le malade et son entourage doivent-ils toujours se montrer dociles et obtempérer aux « propositions » qui leur sont faites, « pour leur bien et dans leur intérêt » ?

La fin juin approche à grands pas et l'ambiance est lourde. Ni Sofiane ni moi n'avons plus le cœur à rien. Cette perspective d'éloignement forcé nous flanque le cafard. Pendant un moment nous n'en avons pas parlé, tenant la menace à distance, mais plus l'échéance se précise, plus Sofiane exprime des réticences. Moi, j'écoute, je m'empêche de dire quoi que ce soit, mais je n'en pense pas moins. Et puis, deux jours avant le départ, il n'y tient plus :

« Appelle-les, je ne veux pas y aller, je n'irai pas. » Pas besoin qu'il me le dise deux fois, je m'exécute sans discuter. J'annule. Oubliez-le, oubliez-nous, prenez la place pour qui vous voulez mais pas pour mon fils. Sa place à lui est près de moi, c'est là qu'il veut être, et là que je veux qu'il soit.

C'était pour quoi, déjà, ce séjour dans ce centre ?

Ah oui, pour qu'il gagne en autonomie et pour que je ré-cu-pè-re. Mais récupérer de quoi ? Pour quoi ? Qui a décrété que j'avais besoin de récupérer ? Je n'ai rien demandé, moi ! Ce n'est pas parce que les médecins, surbookés, sont nazes et rêvent de se reposer en s'éloignant de leurs patients qu'ils doivent me prescrire le même régime !

Je n'ai pas de patient, j'ai un fils. Je ne suis pas surbookée, je suis très occupée, mais de mon plein gré. Je n'ai pas besoin de récupérer, j'ai juste envie d'être avec Sofiane.

C'est donc si difficile à comprendre, vu de l'extérieur ?

Reste l'autonomie. La fameuse, la sacro-sainte au-to-no-mie dont on nous rebat les oreilles. Mais c'est quoi au juste l'autonomie quand on est attaché à un fauteuil et qu'on ne peut plus bouger, qu'on a sans cesse besoin de quelqu'un pour tous les gestes les plus simples du quotidien ? Dépendant, Sofiane l'est complètement, en tout cas d'un point de vue physique, et je me demande bien pourquoi il vaudrait mieux qu'il dépende de quelqu'un d'autre, aide ou éducateur, plutôt que de moi. Heureusement pour lui, l'autonomie, c'est aussi et surtout dans la tête et, de ce côté-là, Sofiane est cent pour cent autonome. Il a ses idées, ses goûts, ses centres d'intérêt, ses avis, ses envies, il les exprime, je les écoute, les respecte et en tiens compte, même si cela donne parfois lieu à des engueulades. Je n'impose pas, je ne manipule pas, je ne crois pas être une mère abusive et castratrice qui empêche son fils de vivre.

Vu la situation, il m'arrive parfois de dire que je suis son corps, mais je ne suis sûrement pas sa tête. Nous formons plutôt une drôle d'hydre à deux têtes, une paire de siamois un peu étranges. Nous avons au fil des années tissé une relation particulière, unique, irremplaçable, et bâti un monde qui nous appartient, où nous nous sentons bien et où nous sommes heureux. Nous partageons beaucoup, Sofiane occupe la première place dans ma vie et j'occupe sans doute la première place dans la sienne. Nos vies sont inextricablement liées, mais il a la sienne et j'ai la mienne. Même si je l'accompagne à la fac par exemple, je ne le colle pas, je le laisse discuter avec ses copains et n'essaie pas de m'immiscer dans leur groupe en jouant les copines.

J'aurais peut-être dû, je devrais peut-être l'encourager à sortir davantage, à vivre sa vie loin de moi, à passer plus de temps avec des gens de son âge ou avec des adultes choisis… seulement voilà, il n'en a aucune envie et moi non plus. Nous sommes bien ensemble. Nous nous entendons bien. Nous ne demandons rien, en tout cas le moins possible. Nous ne faisons de mal à personne et nous nous faisons du bien. Nous sommes plus heureux quand nous sommes tous les deux, c'est aussi simple que ça.

Alors évidemment, des esprits chagrins vont dire ou penser que, tout de même, cette relation mère-fils, ce n'est pas un peu trop ? Un peu étouffant ? Un peu bizarre ? Un peu… malsain ? Mais je n'ai pas grand-chose à répondre à ça, si ce n'est que c'est notre relation, elle est ce qu'elle est, et tant pis si elle échappe aux normes établies. À force de vivre ensemble, de partager un quotidien à deux, nous finissons par ressembler à un couple. Je sais que le mot va faire bondir – quoi, faire couple avec son enfant, quelle horreur ! – mais n'en déplaise aux esprits mal tournés et mauvais, nous formons un couple. Nous discutons de tout : de son cursus scolaire, des vacances, des menus, des assurances, de mon salaire, de l'aménagement du salon ou d'un éventuel déménagement, tous les deux parce qu'il n'y a personne d'autre qui soit concerné. Nous nous chipotons, nous chamaillons, nous chicanons, nous engueulons parfois… comme un couple. Sexualité exceptée, nous formons un couple, pas de doute. Tant pis si le mot choque, mais les mères qui élèvent seules leur enfant, surtout s'il est enfant unique, connaissent cette impression, ça ne fait ni d'elles ni de moi des mères monstrueuses et/ou incestueuses. C'est la vie qui est comme ça et nous confie ce rôle-là.

Cette relation aurait-elle été différente si Sofiane n'était pas atteint de la myopathie de Duchenne ? S'il marchait, courait, et pouvait tout faire par lui-même sans besoin d'aucune assistance ? Peut-être, mais je ne suis sûre de rien. Parce que, dans le fond, la maladie est presque secondaire dans notre histoire. Notre histoire, c'est d'abord celle d'une mère qui découvre l'amour majuscule, infini, à travers son fils, puis celle d'un fils qui développe une maladie le privant de certaines facultés motrices et qui fait une confiance aveugle à sa mère pour s'occuper de lui et pallier ses difficultés, d'une mère qui veut tout faire pour lui et même davantage encore. Et tout ça me semble le minimum syndical de ce qu'on appelle l'« amour maternel ».

Lorsque nous retournons à Charleville-Mézières pour des vacances, notamment à Noël, nous ne logeons pas chez mes parents puisque l'appartement est inaccessible en fauteuil, nous louons une petite maison dans un centre spécialisé, un peu en dehors de la ville. J'y ai été stagiaire vers 17-18 ans, j'aidais au transport des enfants pour leurs rendez-vous médicaux, leurs visites, j'allais les chercher et les ramenais, je me sentais à l'aise avec eux, on rigolait bien. L'expérience a duré un an et puis, je ne sais plus pourquoi, je suis partie faire autre chose, mais j'ai gardé contact avec ceux qui ont été mes collègues et le bilan n'est pas brillant : l'un est tombé d'un toit en faisant des travaux et se retrouve hémiplégique, un autre a eu un sale cancer qui l'a emporté très vite, et moi j'ai eu un fils atteint de la myopathie de Duchenne. Je me suis demandé un moment si ce centre ne portait pas la poisse, mais je ne suis pas assez superstitieuse pour m'interdire d'y retourner ! La maison est tellement bien conçue que nous nous y sentons comme chez nous. Nous sommes tranquilles, la famille passe, les amis aussi, parfois ensemble, nous allons rendre visite aux uns et aux autres, participons à des fêtes, faisons un peu de tourisme…

Une seule chose cloche : pendant ce temps, certains enfants restent au centre sans voir personne. Les parents ne viennent pas les chercher pour partager les fêtes, ou même seulement passer quelques heures avec eux. Je n'ose même pas penser qu'ils se contentent de leur téléphoner ou de leur envoyer des colis, ça me fait trop mal au cœur. Je ne sais pas où commence la maltraitance ni à quel moment on ne mérite plus le nom de « parents », et je ne veux pas m'ériger en juge, mais certains comportements me mettent hors de moi.

Il y a quelques années, à l'hôpital, j'ai entendu une gamine pleurer des heures sans que personne n'arrive à la consoler. Il faut dire que ses parents n'avaient pas voulu annuler leurs vacances prévues de longue date et l'avaient laissée là, avec des infirmières payées par la Sécurité sociale – ça leur coûtait mois cher qu'une baby-sitter.

Comment peut-on abandonner un enfant malade ? Le laisser seul, dans un milieu qu'il ne connaît pas, avec des personnes qui lui sont étrangères et ne pas anticiper son désarroi ? S'en désintéresser sous prétexte de vouloir « récupérer » à intervalles très réguliers au motif que le malheureux nous épuise ? Je n'arrive même pas à concevoir des choses pareilles, c'est trop loin de ce que je suis. Lorsqu'on a un enfant, on l'assume, quoi qu'il arrive et sans états d'âme. Je ne m'imagine pas coulant des jours heureux sur une île paradisiaque après avoir laissé mon fils à des garde-malades ou dans un centre. Comment profiter de quoi que ce soit quand on sait son enfant en souffrance ?

Un gamin qui pleure, une grand-mère à qui on ne rend pas visite, un chien abandonné sur une aire d'autoroute… et aussitôt j'ai l'impression qu'on m'arrache les tripes, j'ai mal pour eux, leur solitude est la mienne. Je suis une phobique de l'abandon et je ne sais pas ce qui m'angoisse le plus : être abandonnée ou qu'un autre se sente abandonné à cause de moi.

Pas besoin de fouiller très loin, d'avoir fait de longues études de psychologie et passé des années sur un divan pour savoir que cette peur panique remonte à l'enfance.

« La petite voleuse »

Je suis la deuxième d'une famille de quatre enfants. J'ai un frère aîné et deux sœurs cadettes, Murielle d'à peine un an de moins que moi, et Cécile, née quatre ans plus tard. Mon père était chauffeur de car, je l'ai dit, ma mère femme de ménage, tous les deux travaillaient beaucoup et se débrouillaient comme ils pouvaient.

Je n'ai pas souvenir d'une enfance malheureuse, nous ne manquions de rien, nous partions en vacances tous les ans, mes parents ont toujours eu une voiture, ce n'était pas l'opulence, pour autant ce n'était pas la misère, juste une famille comme tant d'autres qui ne vit pas mal mais doit compter et déterminer des priorités, distinguer l'essentiel de l'accessoire.

Lorsque j'avais 5 ans, la famille s'est installée à Manchester. Pas besoin de traverser la Manche pour y arriver, il s'agit d'un quartier de Charleville-Mézières qui doit son nom british aux Anglais : durant la guerre, ils y avaient fait construire un hôpital qu'ils avaient baptisé ainsi. L'école, les copains, les associations sportives, toute la vie se déroulait dans ce quartier dont j'avais fait mon royaume.

J'étais une enfant pour le moins turbulente. Incapable de rester tranquille, rétive à l'autorité, indisciplinée, frondeuse et peu craintive, plutôt du genre garçon manqué qui grimpe aux arbres que petite fille modèle jouant à la poupée, j'avais envie de m'amuser et de bouger. Aujourd'hui, je serais sans doute étiquetée « hyperactive » et calmée à la Ritaline, mais à l'époque, une gamine remuante était juste considérée comme une emmerdeuse et l'on se préoccupait assez peu de savoir pourquoi elle se comportait ainsi, on ne se demandait pas si son agitation n'était pas le seul moyen qu'elle ait trouvé pour évacuer une angoisse à laquelle elle ne pouvait pas faire face. Ou pour attirer l'attention. Ou réclamer des câlins qu'elle ne recevait pas assez et dont elle avait besoin. Ou bien, ou bien, ou bien… Allez savoir. Moi, j'étais cataloguée « insupportable », sans circonstances atténuantes. La psychologie ne tenait pas beaucoup de place dans l'éducation, ni à la maison ni à l'école.

L'enfant turbulente ne s'est pas calmée avec les années, laissant peu à peu la place à une (pré)ado, se débattant avec des limites qu'elle n'aimait pas. Comment raconter sans me faire passer pour ce que je ne suis pas ?

Une anecdote parmi d'autres. C'est Mardi gras, une tradition solide dans le Nord. Comme le veut la coutume, ma sœur Murielle et moi, nos petites tirelires à la main, sonnons aux portes pour récolter des sous. Les gens sont accueillants, gentils et généreux et, comble du bonheur, nos tirelires s'alourdissent vite. Pourquoi ai-je subitement envie de piquer celle de ma sœur ? Pour jouer ? Pour déclencher une bagarre ? Parce qu'il m'en faut toujours plus ? Murielle pleure, je reste insensible. Elle raconte tout à notre mère en rentrant, je nie, prétends qu'elle dit n'importe quoi, de guerre lasse maman finit par nous dire de nous débrouiller toutes les deux. Murielle s'en souvient encore, la pauvre. Moi aussi, mais impossible de me rappeler à quoi j'ai employé la somme que je lui ai prise.

Cela arrive presque malgré moi, en tout cas sans que je sache pourquoi, parfois je vire « sale gosse ». Un autre exemple. Notre voisine, Saïda, a deux enfants de 5 et 3 ans. Nous allons souvent chez elle, pour jouer avec eux, et nous sommes toujours bien accueillis. Jusqu'au jour où, sans avoir besoin de fouiller, j'aperçois un portefeuille qui traîne, là sous mes yeux, à portée de main, bien en évidence. Dès que Saïda a le dos tourné, je ne résiste pas, je l'ouvre et découvre deux cents francs. Un vrai pactole ! L'occasion est trop belle, la tentation trop forte, ni une ni deux, je l'empoche sans hésiter. À peine sortie de chez Saïda, je m'empresse d'aller les dépenser. Résultat des courses : un jean, une ceinture et des chaussures blanches à talons que je planque à la cave pour ne pas attirer l'attention et échapper aux questions embarrassantes. Personne à la maison ne doit s'apercevoir de quoi que ce soit. Mais la voisine, elle, s'aperçoit rapidement qu'il lui manque deux cents francs, ne s'interroge pas longtemps sur l'identité d'une possible coupable puisque je suis la seule à être venue chez elle ce jour-là, et elle sonne chez mes parents pour se plaindre. Difficile de plaider l'innocence, mais je n'avoue surtout pas que j'ai acheté des vêtements, j'ai bien trop peur qu'ils me les reprennent ou m'obligent à aller les rapporter moi-même. J'ai droit à une sacrée raclée et mon père rembourse la somme qui pour eux représente quand même quelque chose.

Je crois que je n'ai pas honte. Je suis une gamine qui rêve d'avoir des fringues que ses parents ne peuvent pas lui offrir et qui décide de se les offrir elle-même. Les moyens m'importent peu, seul le but compte. Ce n'est pas bien, je le sais, mes parents sont des gens honnêtes, mais c'est plus fort que moi, je ne réfléchis pas, je prends, sans envisager un instant les conséquences de mes actes. L'envie est trop forte, et je n'ose pas demander. De toute façon, dans la famille, on me répète que je suis une voleuse.

La toute première fois, je me rappelle parfaitement, c'était en 1977, à la mort de mon grand-père paternel. Un grand-père sur les genoux duquel je grimpais pour essayer (entre autres) de lui arracher ce que je prenais pour un gros chewing-gum collé au-dessus de son sourcil et qui était en réalité un nævus. Cela le faisait sourire et rire, de toute façon il était patient, ne criait jamais après nous. À 8 ans, plus que sa mort elle-même, c'était de voir les adultes pleurer qui me rendait triste, mais tout de même, ce gentil grand-père, je voulais garder un souvenir de lui. J'étais chez ma grand-mère, j'ai aperçu sa montre sur un buffet, je l'ai prise. Je ne l'ai pas demandée, j'aurais eu trop peur qu'on me la refuse, on m'aurait sûrement dit que c'était une lubie, qu'il n'y avait aucune raison pour que moi, j'aie cette montre, qu'elle était trop belle pour moi, ou que j'étais trop petite, que je n'avais pas besoin de montre, ou je ne sais quoi. C'est en tout cas ce que j'ai imaginé, et il m'a semblé plus simple, et surtout plus sûr, de la prendre moi-même – espérant que personne ne remarquerait sa disparition.

Mais ma grand-mère s'en est aperçue le soir même, a vite compris que c'était moi qui avais subtilisé la chose et a appelé mes parents. Il n'y a aucune discussion, aucune question. Personne n'a pensé à la peine qui pouvait être la mienne, à ce que représentait cette montre pour moi. Personne ne s'est étonné que je n'aie pas osé la réclamer, et tout le monde avait l'air d'accord sur le fait que c'était une idée saugrenue de vouloir un souvenir de son grand-père. On m'a repris la montre et, en échange, je me suis pris une claque, me suis fait traiter de « voleuse, incapable, mauvaise fille », c'est bien connu je n'irais jamais nulle part. J'étais très, très loin de penser que j'avais pu commettre un vol, mais le mot m'a marquée. « Voleuse », ce n'est pas rien. À la maison, c'est devenu une espèce de refrain, dès que je levais le petit doigt au mauvais moment, on me rappelait que j'étais une voleuse et que je n'avais qu'à bien me tenir. Non, décidément, la psychologie de l'enfant n'était pas la spécialité de l'époque.

Je ne cherche pas d'excuses faciles mais à force de me faire traiter de voleuse, je me suis mise à voler.

Oh, je n'ai jamais pensé à braquer une banque ou à attaquer une petite vieille dans la rue, je volais seulement des bricoles, un peu d'argent par-ci par-là, pour des bonbons, des bijoux de pacotille, du maquillage, toutes les choses qui font rêver quand on a 12 ans et qu'on ne peut pas s'offrir parce qu'on n'a pas d'argent de poche. Parfois ma mère me donnait cinq ou dix francs, mais trop rarement à mon goût. J'avais des copines de chapardage, comme Françoise, qui n'avait peur de rien. Un jour où elle embarquait une K7 dans un magasin, elle s'est fait choper. J'étais avec elle, et morte de trouille. Le chapardage devait rester un jeu, avec risque limité à une paire de claques, peut-être deux, mais pas plus. Me retrouver au commissariat, non merci, je préférais que mes affaires se règlent en famille.

Je reconnais volontiers que j'en ai fait baver à mes parents. Au collège ou ailleurs, malheur à ceux qui me cherchaient ! Je tapais pour me défendre, j'écopais de quelques heures de colle dont je me dispensais, ce qui me valait d'être virée pour quelques jours. Chaque fois mon père devait venir me chercher, chaque fois il me filait une claque et m'engueulait, ma mère faisait la même chose ou presque quand je rentrais à la maison, et chaque fois je recommençais. À force, j'étais virée définitivement de l'école ou du collège, il fallait en chercher un autre, je ne sais même plus combien d'établissements j'ai connus. Intenable, l'adolescente. Irrémédiablement fâchée avec les études, la scolarité, la discipline. Seul comptait le bon temps que je prenais avec mes deux meilleures amies, Myriam, dite Mimiss, et Christelle. À nous trois, les inséparables qui n'envisageaient pas de passer un jour sans se voir, nous avons multiplié les bêtises et enquiquiné un bon nombre de gens. Nous étions repérées comme des trouble-fête, des petites pestes, mais notre réputation était bien le cadet de nos soucis. Même à la foire de Charleville, le président nous avait à l'œil et nous délogeait de la proximité des coulisses où nous guettions les entrées et sorties de chanteurs, mais nous reprenions notre poste comme si de rien n'était : les artistes, le show-biz, c'était une passion, je n'allais pas me laisser intimider aussi facilement. Mon seul rêve était de devenir chanteuse, je chantais tout le temps, partout, et plutôt bien, disaient mes amies un peu envieuses, m'encourageant à poursuivre mon rêve sans me préoccuper d'une scolarité tout à fait inutile. Chanteuse, je ne me voyais pas d'autre avenir, c'était écrit, je chanterais. La musique, les mots, le rythme, j'avais ça dans le sang, ça m'emportait, me guidait, me soutenait, me consolait.

Le déménagement de la famille à la Couronne Champagne, un autre quartier de Charleville, n'a pas aidé à me calmer. Au contraire, je me retrouvais loin de mes copines, loin de mon collège – enfin, un de mes collèges, puisque j'en ai « visité » plus d'un – je me sentais larguée, et ma seule idée était de rejoindre Manchester tous les jours pour continuer notre vie d'enfants terribles.

À part me frapper quand j'allais trop loin et me crier dessus, mes parents ne savaient pas quoi faire. Et surtout, ils n'en pouvaient plus, je leur causais des soucis, ils en avaient déjà assez comme ça, ils ne savaient pas ce que j'avais dans la tête et dans le corps et ils n'avaient ni le temps ni l'envie de chercher, ils en avaient marre de cette fille qui, des quatre enfants, était la plus ingérable, et de très loin. D'où l'idée de me placer... dans un foyer. Avec l'aimable autorisation d'un juge pour enfants, à qui mon père a raconté en détail tous mes faits et gestes, me voilà au foyer La Famille, à Sedan, un genre d'orphelinat pour cas sociaux qui offrait l'énorme avantage d'être gratuit, une aubaine. Cette Famille serait désormais ma résidence principale. Je continuerais à aller au collège que je fréquentais à l'époque, mais le soir je retournerais dans ma nouvelle famille.

Là, j'ai pris un vrai coup sur la tête et dans le cœur. Un choc violent, terrible, que je n'avais pas anticipé. Je n'en revenais pas. Je me retrouvais à vingt-cinq kilomètres seulement de Charleville, mais cela me paraissait pire que le bout du monde – l'exotisme en moins. Je me sentais déracinée, loin de tout et de tous les gens que j'aimais. Plutôt que de me laisser abattre, j'ai décidé de me faire virer le plus vite possible. Un de mes nouveaux compagnons d'infortune m'a indiqué la voie la plus sûre pour y parvenir : foutre la ouaille. Qu'à cela ne tienne, dans ce domaine, on pouvait compter sur moi, je savais faire preuve de persévérance, et je me suis appliquée. Je répondais, je refusais de faire ce qu'on me demandait, j'étais indifférente à tout, désagréable et insolente si on me cherchait d'un peu trop près. Et pour bien manifester mon opposition à ce placement, je fuguais le plus souvent possible.

Le règlement prévoyait des permissions un week-end sur deux, pour que les pensionnaires puissent retrouver leur vraie famille. Généralement, mon père me reconduisait au foyer le dimanche soir mais plus d'une fois, il n'a pas eu le temps de retourner à Charleville que j'étais déjà dans le train pour m'échapper de ce foyer que je détestais.

C'est comme ça qu'un soir je me suis retrouvée sur le palier de notre appartement, sonnant comme une folle pour qu'on m'ouvre la porte. En vain. J'ai eu beau supplier, taper du pied, menacer, ma mère ne s'est pas laissé attendrir et, pendant que je faisais ma crise, elle a appelé le foyer. Résultat, des éducateurs sont arrivés peu après, je suis rentrée dans cette satanée Famille comme une prisonnière, encadrée par deux gardiens. S'ils pensaient m'avoir matée, c'était raté.

Dès le lendemain matin, j'ai recommencé. J'ai pris le train aux aurores, mais au lieu d'aller au collège, je suis retournée à la maison. Mon père était déjà parti travailler quand j'ai sonné, mais ma mère n'a pas voulu me laisser entrer parce que les éducateurs avaient bien répété de ne pas m'accepter en dehors de mes week-ends de permission. Peut-être aussi qu'elle redoutait la colère de mon père si jamais il l'apprenait... Comme la veille au soir, elle est restée de marbre, tandis que je pleurais que j'avais faim, froid, que j'étais fatiguée. La porte s'est finalement entrouverte et, sans sortir, elle m'a tendu le bol de café au lait qu'elle tenait à la main. Je l'ai bu sur le palier, seule, devant la porte close, comme un petit chat abandonné.

C'est un souvenir que je n'aime pas. Mon frère et mes sœurs étaient-ils déjà en cours ou encore à la maison ? Dans ce cas, pourquoi n'ont-ils pas plaidé en ma faveur ? À nous quatre, nous aurions sûrement réussi à infléchir la détermination maternelle. Je pense plutôt qu'eux aussi en avaient marre de moi, de mes frasques, et trouvaient la maison plus calme en mon absence. Le café au lait avait un drôle de goût ce matin-là, il m'a pesé longtemps sur l'estomac.

Mon séjour à La Famille (quelle ironie ce nom, j'ai du mal à l'écrire sans grincer des dents) a duré neuf mois, neuf longs mois pendant lesquels je n'ai pas ménagé mes efforts pour me montrer ingérable, m'échappant le plus souvent possible, par la porte ou par la fenêtre, rien ne pouvait m'arrêter. Jusqu'au jour où le directeur a refusé la permission de sortie que je lui réclamais en se mettant en travers de la porte. Hors de moi, je lui ai fichu un coup de pied dans les tibias et balancé un jet de la bombe lacrymogène dont je ne me séparais jamais. Sur ce, ciao la compagnie, je me suis fait la belle et personne n'a cherché à me rattraper, je leur en avais fait assez baver et tout le monde savait que si je me sauvais, c'était pour rentrer chez moi, dans ma vraie famille. Considérant que j'avais largement et outrageusement dépassé les limites admises, ils en ont profité pour me virer. Ouf !

Dire que j'ai été bien accueillie à la maison serait très exagéré. Plus personne n'était habitué à ma présence, et moi je n'étais plus habituée à la vie de famille. Mon père comptait et surveillait tout : notre consommation d'eau et d'électricité, le contenu du frigo et des placards… Il fallait se laver et se sécher les cheveux en son absence, sinon je me faisais engueuler. Et quand au retour d'une sortie nocturne je faisais une escale dans la cuisine pour caler un petit creux, j'avais droit à un rappel à l'ordre le lendemain : quand je serais chez moi, je ferais ce que je voudrais et mangerais n'importe quoi n'importe quand, mais en attendant, je devais accepter les règles.

Et moi j'en avais assez des règles. Assez d'être traitée comme la gamine que je n'étais plus. Le séjour à La Famille m'avait fait grandir et mûrir d'un coup. J'en avais fini avec l'insouciance, je ne m'étais pas assagie pour autant. Je crois que j'étais une adolescente en colère, mécontente et insatisfaite. Je ne sais pas de quoi j'avais envie sinon de m'amuser sans me soucier de tous les donneurs de leçons.

Peu de temps après avoir fui la fausse Famille pour retrouver la vraie, j'ai abandonné mes études, suivi une vague et rapide formation pour me familiariser avec les métiers de la vente, exercé quelques boulots, au black le plus souvent : hôtesse, femme de ménage, « commerciale »… Et surtout, j'ai rencontré Franck, mon premier amour. Il a 26 ans, il travaille comme contremaître, il est gentil, attentionné, il me fait prendre l'avion pour la première fois, m'offre des petits cadeaux. Je suis souvent chez lui, qui est aussi chez ses parents, lesquels n'aiment pas trop que leur fils fréquente une fille comme moi. Qu'ils pensent ce qu'ils veulent, nous, on s'aime. Jusqu'à ce que Franck aille voir ailleurs, blessure insupportable qui me fait prendre mes cliques et mes claques pour filer dans le Sud, déjà, rejoindre une amie. Là aussi je vais exercer différents métiers afin de m'assurer le nécessaire pour vivre. J'ai 19 ans et je suis indépendante, je n'embête plus personne, personne ne peut plus m'abandonner.

Plus de trente ans après, je continue à me demander comment mes parents ont fait pour me placer dans un foyer. Ma mère dit que la responsabilité de la décision revient à mon père, mais elle l'a acceptée sans protester. Par désir de se soumettre à son mari ou à cause d'une fibre maternelle un peu défaillante ? Le temps a passé et je ne leur en veux pas, je ne juge pas, chacun fait ce qu'il peut, comme il peut, mais c'est sans doute en grande partie dans cette fausse Famille de Sedan que plongent les racines de ma peur de l'abandon et de l'horreur qu'il suscite en moi.

Et pour ne pas risquer de l'être, abandonnée, le meilleur moyen est encore de ne pas s'attacher, de quitter avant d'être quittée, je n'y peux rien, c'est comme ça, même les gens qui vous aiment sont parfois cruels et s'en vont ou vous laissent sans plus se préoccuper de ce que vous ressentez. Le seul attachement que je m'autorise, c'est celui qui me lie à mon fils, la chair de ma chair, l'être le plus précieux au monde, qui mérite tout mon amour, toute mon attention, tout mon temps – et le seul, j'en suis sûre, qui ne me trahira jamais.

C'est aussi là que s'enracine ma volonté de ne jamais abandonner, rien ni personne. Abandonner c'est toujours rejeter, ou renoncer, s'avouer vaincu ou même seulement dépassé par les événements. Si l'expérience du foyer a été capitale, c'est parce qu'elle m'a appris la solitude, la nécessité de ne compter que sur soi et de se faire confiance pour trouver en soi les forces dont on a besoin. Il ne faut jamais baisser les bras – et encore moins devant un enfant malade. Il faut aller jusqu'au bout de ce qu'on a décidé, ou de ce qui nous est donné à vivre, quitte à faire des erreurs. L'essentiel est d'agir, d'être acteur de sa vie, de se prendre en main, avancer, affronter, aimer. Sans faillir. Sans trahir.

Aucun homme – qu'il soit beau, riche, célèbre, gentil, intelligent, amoureux, prévenant ne change rien à l'affaire –, aucun homme même le plus parfait d'entre eux n'aurait pu, ne pourrait me convaincre de « placer » mon enfant, de le « confier » à des professionnels, aussi compétents soient-ils. Ce n'est même pas de la science-fiction, c'est parfaitement inimaginable.

Rien que d'y penser, mes cheveux se dressent sur ma tête. Les enfants, une fois qu'ils sont là, on les assume quels qu'ils soient et quoi qu'il arrive.

Mes hommes…

C'était en 2010. Sofiane va bien même si, en pleine corticothérapie, il a pris plusieurs kilos qui lui donnent un volume confortable. Mais on s'en fiche, l'essentiel c'est que la cortisone fasse de l'effet et limite autant que possible la progression de sa myopathie.

Sans signes avant-coureurs, le voilà tout à coup pris de convulsions. Raide et pâle comme la mort, il bave et étouffe, semble à deux doigts de passer de l'autre côté. Je pense aussitôt à un AVC, je flippe, redoutant par-dessus tout qu'il perde connaissance, que son cerveau soit atteint, sa belle intelligence et sa vivacité d'esprit entamées. J'arrive pourtant à garder assez de sang-froid pour commencer un massage cardiaque – coup de chance, j'ai suivi un stage de secourisme quelques mois auparavant. Je masse, je masse, je masse, tout en appelant le SAMU, les pompiers. Ils me guident à distance, le temps pour les secours d'arriver jusque chez nous. Je continue de masser, je parle à Sofiane pour qu'il ne lâche pas, j'essaie de mettre dans mes mains toute l'énergie dont il a besoin. Il est toujours blafard et raide, mais il ne convulse plus, et il reste conscient.

Les pompiers s'étonnent de mon calme. Elle est bien bonne, celle-là ! Je ne suis pas calme, mais alors pas du tout, je suis même dans un état de pure panique, terrifiée à l'idée que Sofiane, mon fils, mon bébé, puisse mourir déjà, beaucoup trop tôt, il lui reste, il nous reste tant de choses à vivre et à partager. Non, je ne suis pas calme, mais dans certaines circonstances ce que l'on ressent est tout à fait secondaire, l'urgence c'est lui qui se sent mal et étouffe alors que quelques minutes plus tôt il était en forme.

Verdict : ce n'est pas un AVC mais… une crise d'épilepsie. Il ne manquait que ça. Comme s'il n'avait pas sa dose de problèmes de santé ! D'où ça sort ? Pourquoi lui ? Pourquoi maintenant ? Personne ne sait, c'est un mystère. Les médecins ne font aucun lien entre la myopathie de Duchenne et l'épilepsie, à leur connaissance la première ne déclenche ni ne favorise la seconde.

Sans verser dans la psychologisation à deux euros, j'ai quand même ma petite idée sur la survenue de cette crise. Enfin, cette petite idée me viendra un peu plus tard…

À l'époque, je vis, nous vivons avec Sam. D'origine iranienne, ancien champion de boxe thaïe, Sam est légionnaire quand je le rencontre, désireux de quitter l'armée. Mais il n'a pas fait le temps réglementaire dans la légion et quand il en sort, il n'a pas de titre de séjour qui lui permettrait de trouver un travail. C'est en partie pour ça que nous nous sommes mariés, pour qu'il puisse bosser, vu qu'il est hors de question que je supporte un homme oisif et désœuvré pendant que je trime. Il comprend bien mon point de vue, suit une formation de scaphandrier, décroche un job, la vie va. Jusqu'à ce qu'il fasse venir ses parents sous prétexte de me les présenter. Il est prévu qu'ils restent quinze jours, mais ils décident de demander le statut de réfugiés politiques, résultat ils vont s'incruster huit mois. C'est long huit mois quand on n'a plus l'impression d'être tout à fait chez soi. Ils sont chez leur fils et font comme chez eux, ils ne prêtent pas beaucoup d'attention à Sofiane et à moi.

Je vois bien que mon Sofiane n'est pas aux anges, mais il est suffisamment malin pour se mettre à distance, ne dit rien, ne se plaint pas, évite l'affrontement, se replie dans son coin sans rien demander à personne. Il finit quand même par me lâcher le morceau un jour où nous sommes tous les deux seuls : une fois où il était énervé, Sam lui a flanqué une claque en hurlant : « Ferme-la ! Je ne suis pas ta mère, alors tu la fermes ! » Il ne m'en a pas parlé plus tôt pour éviter les drames – il connaît ma réactivité –, pour ne pas s'immiscer dans notre histoire, mais il en a gros sur le cœur.

Moi, je vois rouge et j'empoigne mon téléphone pour appeler Sam en mission à Dunkerque. Il n'essaie même pas de se défendre, ne proteste pas quand je lui signifie son congé : « Toi et tes parents, vous avez huit jours pour débarrasser le plancher, je n'entends plus parler de vous, jamais, et nous nous reverrons au tribunal pour le divorce. »

L'affaire sera vite expédiée. Mon refus de m'attacher me permet de clore une histoire sans souffrance et sans regrets et de passer vite à autre chose.

Quand nous nous retrouvons seuls tous les deux, Sofiane et moi, nous sommes heureux et surtout soulagés. C'est comme si nous retrouvions la liberté après des mois retenus en otages.

Par la plus pure coïncidence, après le départ de Sam et de sa smala, Sofiane ne fera plus une seule crise d'épilepsie, ce qui me fait dire que, peut-être, ceci avait un rapport avec cela.

Quoi qu'il en soit, c'est à ce moment-là que je me suis fait le serment de ne plus jamais vivre avec personne sous notre toit… ni sous le toit de quiconque. Jamais !

Comment trouver de la place, au moins un peu, pour vivre une histoire d'amour ? En ai-je envie ? En suis-je capable ?

Ma profession : mère de Sofiane, voilà ma priorité absolue et cela ne me laisse pas beaucoup de temps libre – en tout cas pas assez pour une grande passion dévorante. Je suis prise entièrement par mon métier. Mon temps est pris. Ma tête est prise. Mon cœur est pris. Je n'ai pas beaucoup de disponibilité, pas beaucoup d'envies non plus. Mon job étant un temps plus que plein, vingt-quatre heures sur vingt-quatre et sept jours sur sept, je n'ai pas beaucoup l'occasion d'aller roucouler ailleurs. Si je rencontre quelqu'un, il faut que je le ramène à la maison et je n'en ai aucune envie. Je ne crains pas la réaction de Sofiane ni son jugement, mais je sais que très vite l'amoureux va se sentir de trop, mal à l'aise, et risque de pleurnicher qu'il n'arrive pas à trouver sa place. Au mieux, il va faire des efforts les premiers temps, mais je ne suis pas dupe, très vite il va se lasser, et l'amoureux parfait va laisser transparaître quelques défauts, s'impatienter, se mettre en rivalité, exiger… Pourtant, je ne prends jamais les hommes en traître, je ne joue pas la femme super libre pour, au dernier moment et quand ils sont appâtés, sortir Sofiane du placard et leur asséner que c'est à prendre ou à laisser. Je suis honnête, j'annonce la couleur sans attendre, mais c'est drôle, ils n'y croient jamais tout à fait. Ils doivent penser que j'exagère, que j'en fais des tonnes pour les décourager et mesurer leur désir, et qu'ils sont de taille à mettre un peu de distance entre mon fils et moi. Les pauvres !

Même quand ils sont gentils, plutôt compréhensifs, ça finit par se gâter.

Je n'ai pas envie d'étaler ma vie privée, de toute façon il n'y a pas grand-chose à en dire parce que ma vie, privée ou publique, c'est Sofiane avant tout. Et je n'ai jamais connu d'homme qui puisse se faire à notre situation.

L'un d'eux, un pilote de ligne plutôt sympathique, a rapidement été exaspéré par ma relation avec mon fils qui selon lui m'accaparait. Jusqu'au jour où, me voyant l'embrasser, il m'a traitée de mère incestueuse. Et puis quoi encore ? Je l'ai prié de dégager sur-le-champ, allez hop, retourne chez ta mère, pauvre mec ! Avec ses idées tordues, ses jugements à l'emporte-pièce et ses préjugés minables, il se croyait super finaud, alors qu'il était juste jaloux, et totalement à côté de la plaque. Qu'il aille au diable, moi je n'hésite pas, je reste avec mon fils.

Ce choix ne me coûte pas, je n'ai pas l'impression de me sacrifier.

Si je suis honnête, je ne me vois pas avec un homme qui rentre le soir pour me raconter ses petits problèmes de la journée, j'aurais du mal à m'intéresser à ses démêlés avec son chef ou ses collègues. Ma vie est telle que je me coltine chaque jour des tas de choses auxquelles je ne peux pas me dérober : physiquement, je vis pour deux. Sofiane est super brillant intellectuellement mais toute la logistique, c'est pour ma pomme – et ce n'est pas rien. De 6 heures à 23 heures mes journées sont remplies par des incontournables et je n'ai pas de disponibilité pour endosser les doléances d'un homme qui a un rhume ou se demande s'il aura une augmentation.

J'ai une famille, plein d'amis, une vie sociale, je suis toujours prête à aider en cas de besoin et les gens savent qu'ils peuvent compter sur moi. Mais au fond du fond, je suis une solitaire. Après la course de la journée, je n'aime rien tant que rester chez moi, devant la télévision, sans personne sur le dos pour me prendre la tête.

Je suis casanière. Je n'aime pas trop sortir, surtout l'hiver quand la nuit tombe vite et qu'il fait froid. Quand les beaux jours reviennent, à la rigueur, je peux aller boire un verre avec une copine, mais je ne m'attarde jamais très longtemps. Si Sofiane est là, c'est différent, je peux prendre mon temps, je n'ai pas à m'inquiéter, mais si je suis sans lui, c'est plus fort que moi, je n'ai qu'une hâte : rentrer à la maison et le retrouver. Quel que soit le but de la sortie, c'est pareil. Une séance de shopping se transforme en marathon, je regarde à peine les vitrines, je n'ai pas envie d'essayer, je suis pressée…

Même si je sais qu'il est en sécurité et qu'en cas de besoin il peut toujours me joindre, j'ai du mal. Un matin, à la sortie de la salle de sport, ma copine Odette m'a proposé de boire un chocolat chaud en guise de récompense après l'effort. J'ai décliné : « Sofiane m'attend. » Elle a un peu protesté, mais quand j'ai décidé quelque chose, difficile de me faire changer d'avis : « Il faut que je le lève, lui prépare son petit déjeuner… » et Odette a compris que ce n'était pas la peine de chercher des arguments pour me convaincre. Je me suis dépêchée autant que j'ai pu. À mon retour, Sofiane ronflait… J'ai regretté d'avoir laissé Odette et j'espère que je ne l'ai pas blessée par mon refus, mais j'étais très contente d'être chez moi, et présente quand Soso se réveillerait.

Une année, je me suis laissé entraîner par des copines pour le réveillon du 31 décembre. Sincèrement, il a fallu qu'elles insistent, et je les ai suivies avec des pieds de plomb. On s'entend bien, ce sont de chouettes nanas, rigolotes, mais le moins qu'on puisse dire c'est que je n'avais pas la tête à la fête. Je pensais à Sofiane, seul à la maison, et cette idée gâchait mon plaisir. J'avais juste envie d'être avec lui, et la première à lui souhaiter une bonne année.

Résultat, j'ai planté mes copines au bout d'une demi-heure, sans me soucier de ce qu'elles pouvaient penser. Ma place était près de mon fils et nulle part ailleurs.

C'est la même Odette qui me demande le 14 février dernier, jour de la Saint-Valentin : « Et toi, tu les fêtes, les amoureux ?

— Bien sûr, je les fête chaque année ! Et toujours avec le même, ça va même faire vingt-deux ans qu'on est ensemble… »

Elle n'a pas compris tout de suite, et puis elle s'est marrée. Peut-être qu'elle ne m'a pas crue.

Quand j'ai raconté ça à Sofiane, il a ri aussi, mais pas seulement : « C'est fou, vingt-deux ans, tu te rends compte, et sans jamais se quitter… » – sauf une fois, pour ces vacances corses écourtées pour cause de mal de mère.

Nous fêtons la Saint-Valentin tous les deux, c'est vrai. Sofiane est fine gueule, il choisit souvent de très bons restaurants et on s'offre ce plaisir, on se fout de ce que les gens pensent, pour nous c'est une occasion comme une autre, et toutes les occasions sont bonnes, la vie est trop courte pour ne pas profiter de tout ce qui passe. Nous fêtons le plaisir d'être en vie, ensemble, et c'est précieux.

Je l'ai dit, certains esprits chagrins vont sans doute penser que je devrais le lâcher un peu, ne pas être être tout le temps sur son dos, et vouloir toujours tout faire avec lui. Seulement voilà, désolée de les décevoir, mais Sofiane est pareil que moi. Il a des copains, des « collègues » de fac, comme il dit, mais c'est un solitaire. Il lui arrive d'aller au cinéma avec l'un ou l'autre, mais il aime autant rester travailler, ou surfer sur le Net, ou regarder la télévision, ou même discuter avec moi.

Quand nous sortons ensemble, il surveille si je me tiens bien et si les gens qui m'abordent lui paraissent fréquentables. À la soirée d'anniversaire d'un copain, un homme me tournait autour et voulait absolument m'inviter à danser, mais Sofiane n'était pas d'accord : « Tu ne vas quand même pas danser avec un type pareil ! » d'un ton qui m'aurait coupé toute envie si jamais j'avais été tentée. Je l'ai dit : nous avons essayé plusieurs fois de nous éloigner plus de quelques jours, et ça a été un fiasco absolu. Ce n'est pas moi qui ai réclamé quoi que ce soit. Si, pendant les vacances en Corse avec son père, il m'avait dit qu'il était heureux, je me serais contentée de pleurer dans mon coin en comptant les jours qui me séparaient de son retour. S'il ne me regardait pas avec des yeux de chien battu dès que je m'en vais, si nous avions trouvé une perle d'aide à domicile pour s'occuper de lui toute la journée, je n'aurais peut-être pas demandé à faire le job. Et peut-être que notre vie serait différente. Mais tout ça, ce sont juste des élucubrations qui ne mènent nulle part.

Je n'ai pas le sentiment d'étouffer mon fils. Je suis très présente, oui, je fais tout ce que je peux pour l'aider et lui faire plaisir, j'essaie de compenser son handicap en me substituant à lui pour toutes les choses pratiques qu'il ne peut pas accomplir seul, mais je respecte totalement son indépendance d'esprit. Il ne me viendrait jamais à l'idée de lui dire ce qu'il doit faire ou tenter de lui imposer mes choix, sous prétexte que je sais ce qui est bon pour lui. Sofiane est doué d'un bon discernement, il a du caractère, de la personnalité, il sait ce qu'il veut, ce qu'il aime, et la direction qu'il souhaite donner à sa vie. Je n'interviens pas dans ses décisions, qu'elles concernent ses études, ses loisirs ou nos vacances. De toute façon, il ne se laisserait pas faire et il aurait bien raison.

Notre vie est ce qu'elle est, et nous nous moquons de savoir si ça plaît ou pas. Tant pis pour les esprits chagrins et les tordus, mais Sofiane et Nathalie, Nathalie et Sofiane, c'est comme ça et pas autrement. On nous prend à deux ou on ne nous prend pas. C'est peut-être une relation excessive, hors normes, mais nous ne savons ni ne pouvons faire autrement. Nous vivons ensemble, nous discutons, nous nous engueulons, nous nous agaçons, nous nous fatiguons, nous nous amusons, nous voyageons, nous sortons… Je dis souvent que nous sommes dans une fusion de dingue, mais Sofiane me reprend : d'après lui, nous sommes en « symbiose ». Mon fils emploie des mots que je connais à peine, il m'apprend plein de choses que j'ignore, je fais en sorte que, même handicapé en fauteuil, il ait une vie en mouvement. J'ai autant besoin de lui qu'il a besoin de moi. Nous nous soutenons mutuellement et nous tenons ensemble. Nous nous aidons. Nous nous aimons.

Parfois je me dis que le plus malade de nous deux n'est pas celui qu'on croit. Que je devrais peut-être me faire soigner. Que c'est fou d'aimer son fils à ce point.

Mais qui, à part moi, sa mère, serait prêt à tout lui donner ?

Même son père a du mal. Et il a toujours eu du mal, même quand Sofiane était tout petit, avant que la maladie ne se déclare. Il bossait, il s'entraînait, il rentrait fatigué et regardait la télévision, il partait voir sa famille au Maroc… il savait que j'étais là pour Sofiane, que j'assurais, ça lui suffisait.

Oh, il n'est pas méchant, mais distrait, un peu à l'ouest, qualité dont Sofiane a hérité. Il est incapable de s'occuper seul de son fils, de nettoyer la machine à aspirer les glaires, de veiller au bon fonctionnement de la machine à respirer, il n'a jamais rempli un dossier pour la MDPH (Maison départementale des personnes handicapées) ou le Conseil général, jamais assisté à un rendez-vous ou à une opération, et oublie régulièrement l'anniversaire de son fils. Disons qu'il rate beaucoup de choses, et c'est dommage pour lui.

Mais si on a besoin de lui, si on lui demande quelque chose, il est présent. Longtemps c'est lui qui a financé les jeux vidéo dont Soso raffole et qui coûtent un bras. Et maintenant qu'il a grandi, que de toute façon il ne peut plus avoir la rapidité requise pour ces jeux, Hamid continue de lui faire un virement mensuel pour qu'il s'achète ce qui lui fait plaisir. Si je m'énerve contre lui, ses absences ou sa distraction, Sofiane prend sa défense. Il aime son père et c'est très bien comme ça, même si Hamid et moi avons des relations houleuses. Il sait tout, et se permet des réflexions comme si nous étions encore mariés et que j'avais des comptes à lui rendre. Mais ce n'est qu'un détail parce que quand il est là, Sofiane est content. Ils ne font rien de spécial, ils regardent la télé ensemble, ils discutent, et le grand garçon est heureux d'avoir son père près de lui, ce n'est sûrement pas moi qui le priverai de ce bonheur-là.

Je n'ai jamais rien fait pour éloigner Hamid de son fils et ferai tout ce qui est possible pour que leur relation soit préservée. Même si c'est un père à temps partiel quand je suis mère à plein temps.

Peut-être se serait-il investi davantage si j'avais été moins présente… Mais un enfant, ça ne grandit pas tout seul, ça demande du temps, de l'investissement, de l'énergie. Et un enfant malade encore davantage, c'est un « Enfant Plus », comme il y avait un Monsieur Plus dans la pub Bahlsen, le type qui rajoutait toujours une dose de cacahuètes, d'amandes ou de raisins secs. Un enfant handicapé, en tout cas le mien, c'est pareil. Plus de boulot, plus de fatigue, plus de galères, mais aussi tellement de bonheur, de plaisir et d'entente que ça en vaut la peine. Qu'est-ce que j'aurais pu faire sinon tout donner pour qu'il soit bien malgré tout ? Pour que la maladie ne fasse pas de lui un mort en sursis ? Sofiane est vivant à cent pourcent, avec lui tout est multiplié, exacerbé, intensifié. Difficile dans ces conditions d'avoir une relation dite « normale ».

Aide-toi, le ciel t'aidera

Les crises d'épilepsie ont rapidement disparu, et elles auront été rares, mais l'une d'elles a été l'occasion d'une prise de conscience salutaire. Elle a eu lieu alors que j'étais à Charleville pour l'enterrement d'une amie. Resté seul avec Sam qui partageait encore notre vie et qui ne voulait surtout pas que je sois au courant, Sofiane m'a appelée en cachette pour me raconter l'épisode – moyennant quoi je suis repartie sitôt la cérémonie terminée. Rétrospectivement, j'ai eu tellement peur de perdre mon fils [1] que ça a été comme une révélation : nous ne pouvions plus continuer comme ça. À l'école, Sofiane bénéficiait de la présence d'une AVS (auxiliaire de vie scolaire), mais le reste du temps, c'est moi qui assurais tout, toute seule et tout le temps, jonglant avec les horaires, les voisins, les patrons, le mari pas gentil, toujours sur la corde raide, toujours dans la course, la

1. À l'époque, il était encore envisageable de laisser Sofiane – même la mort dans l'âme. Mais aujourd'hui, avec la trachéotomie, les machines à respirer, l'aspiration des glaires, tout est encore plus risqué, il est vraiment question de vie ou de mort.

précipitation. Cette crise venait de montrer que mon organisation avait ses limites.

L'avantage, c'est que j'ai découvert à cette occasion que j'avais droit à une aide – ce que j'ignorais, personne ne m'ayant rien dit, d'autant moins que je n'avais rien demandé. Pour être précise, ce n'est pas moi qui avais droit à une aide mais Sofiane, qui pouvait bénéficier des services d'une auxiliaire de vie à domicile.

C'est là qu'a commencé un défilé tragi-comique.

La première ne savait pas faire le ménage, ce qui n'aurait pas été dramatique si elle avait consenti à emmener Sofiane aux toilettes mais ça non plus elle ne savait pas, elle n'osait pas, elle avait peur. Et puis elle était maladroite, cassait, abîmait, renversait assiettes et verres sur les jambes de mon fils. S'il devait être plus en danger avec une aide que seul, on comprend mal l'intérêt de la chose. Exit l'auxiliaire de vie.

Après, elles se sont succédé, je ne sais plus dans quel ordre mais ça a peu d'importance.

Il y a eu celle qui, au bout de quelques semaines, ne s'est pas présentée à l'heure prévue, ne s'est pas donné la peine de prévenir, ni de s'excuser quand j'ai enfin réussi à la joindre, madame avait subitement déclaré une allergie folle aux chats, elle ne pouvait donc pas continuer chez nous.

Une autre était malade tous les mois, à cause de ses règles, et une autre toutes les semaines, mais j'ignore à cause de quoi. Une autre encore avait de nombreux problèmes de santé depuis qu'elle avait donné un rein à son fils et, tous les jours, pleurait comme une madeleine sans raison apparente – ce qui, comme chacun sait, est excellent pour le moral de la personne dont on est censé s'occuper…

Il y en a eu des jeunes et des moins jeunes, des petites et des grandes, des gentilles et des arrogantes, des douces et des brusques, des timides et des délurées, mais dans leur grande majorité, les unes et les autres semblaient ignorer complètement que Sofiane était pourvu d'un cerveau et qu'en plus il s'en servait, et elles le traitaient comme un demeuré, ce qu'il avait du mal à supporter. Les plus jeunes, à peine plus âgées que lui, à défaut d'être super efficaces, auraient au moins pu devenir comme des copines, avec qui discuter et passer de bons moments, mais ça ne marchait jamais. À leur décharge, Sofiane est exigeant et pas toujours facile. Il n'a pas apprécié que l'une d'elles prenne Nelson Mandela pour un joueur de foot. Commentaire le soir : « Ça ne va pas le faire… »

Si je résume, ça ne le faisait jamais. Loin de moi l'idée de jeter le discrédit sur les auxiliaires elles-mêmes, elles ont sûrement des qualités, beaucoup de gentillesse, mais ça ne suffit pas pour faire le job. Elles font ce métier souvent faute de mieux, n'ont aucune formation, sont exploitées par des sociétés qui s'en mettent plein les poches et embauchent tout le monde sans la moindre sélection du moment que ça peut leur rapporter.

Pourtant c'est un vrai métier, ça s'apprend. Certaines l'exercent par choix, par envie d'aider, ce qui est le cas de Lydie. Au bout d'une longue série, on a eu la chance de tomber sur elle. Ah, Lydie, mieux qu'une perle ! Prévenante, attentionnée, vive, réactive, débrouillarde, elle sait prendre des initiatives, faire face aux urgences, sans jamais paniquer. J'ai une totale confiance en elle, elle assure en toutes circonstances, c'est mon double et Sofiane lui est très attaché. Elle ne compte jamais ses heures et ne proteste pas si je rentre en retard à cause de mon boulot. Elle est tellement attentive qu'elle remarque tout et me prévient si nécessaire : Sofiane a chaud, Sofiane respire mal, Sofiane couve quelque chose... Elle tourne les pages des livres pour l'aider dans ses devoirs, elle fait tout son possible pour lui faciliter la vie, et ça pendant trois ans, sans jamais manquer un jour ni se plaindre. Lydie fait partie de notre famille, elle est un cadeau de la vie, nous l'aimons, avec elle rien de mauvais ne peut nous tomber dessus. Autant dire que quand elle arrive un matin, en larmes, je m'affole, pensant aussitôt que son mari est mort. Non, heureusement, mais il prend sa retraite de gendarme maritime et veut partir s'installer en Vendée.

La tuile ! C'est tellement bien d'avoir Lydie près de nous que je ne sais pas comment on va se débrouiller maintenant. Elle me prévient deux mois à l'avance pour me laisser le temps de me retourner, mais ça ne change rien, je suis catastrophée. J'espère limiter les dégâts et les mauvaises surprises en changeant de société de service à domicile, je vais vite déchanter : le défilé reprend et les empotées succèdent aux maladroites, et toutes ont du mal à être régulières. Dans mon travail, ça commence à poser de sérieux problèmes. Je ne suis jamais tranquille, je cours, je cours et finis par m'essouffler, stressée, anxieuse, toujours dans la crainte d'être en retard, au boulot alors que des gamins m'attendent, à la maison alors que Sofiane a besoin de moi.

Un mercredi où je dois commencer à midi afin d'être cinq minutes plus tard devant le collège pour récupérer les élèves et assurer leur transport, l'aide m'appelle à 12 h 05 pour geindre qu'elle ne viendra pas. Sofiane ne peut pas rester seul, je n'ai personne pour le garder, mais trente gamins m'attendent sur le parking du lycée Langevin de Martigues. Je suis bloquée, je ne sais plus quoi faire… Ne me voyant pas arriver, le lycée appelle mon patron qui m'appelle à son tour. Je n'ai pas le choix, je pars en trombe, en laissant Sofiane, flippée à l'idée de tout ce qui pourrait lui arriver. Je conduis comme une automate, préoccupée, énervée… et la vérité me saute soudain aux yeux : malgré moi, à cause de mon état de fatigue et de stress, je mets la sécurité des mômes en danger. Ça ne peut plus durer. Du jour au lendemain, je décide donc de changer d'entreprise.

Sans aucune difficulté, je me fais embaucher par la RTM (Régie des transports marseillais) comme conductrice de bus. Les horaires sont plus adaptés pour moi, je suis assimilée à une fonctionnaire, je perçois un salaire honorable, j'ai des primes, un treizième et un quatorzième mois. Vu comme ça, ça ressemble au jackpot. Sauf que ce boulot, il faut le faire. Marseille n'est pas une ville comme les autres.

Magnifique, oui, mais violente aussi. Dans le bus, ça s'insulte, ça crache, ça agresse, ça crie… Un jeune rentre sans payer, je ne dis rien parce que c'est presque habituel et qu'on ne peut pas intervenir tout le temps, cela nous ferait prendre trop de retard. Il s'installe pas très loin de moi en faisant beugler sa musique. Je lui demande de baisser d'un ton, il s'exécute, mais deux minutes plus tard, la musique reprend encore plus fort. Je passe à la vitesse supérieure : « OK, je n'ai rien dit quand tu n'as pas payé, mais là je te dis de baisser la musique et tu ne comprends pas, alors puisque c'est comme ça, j'appelle les contrôleurs, faut quand même pas pousser. » Le mec bondit, fonce sur moi avec un couteau qu'il dirige vers ma main. Aussi sec, je remonte la vitre de sécurité et décompresse les portes. Il saute… Juste derrière nous, par hasard, la BAC est là pour le cueillir. Mais ça ne sert à rien. Comme ça ne servira à rien que je porte plainte. Des incidents comme ça, il y en a tous les jours, et plusieurs fois par jour, et souvent plus graves. Mais à Marseille on ne dit rien, on ne fait rien, on a peur… c'est la loi de la jungle et ça doit en arranger plus d'un.

Je ne me fais pas menacer au couteau quotidiennement, mais rares sont les trajets qui se déroulent paisiblement, sans les insultes, les incivilités, une atmosphère d'agressivité et de violence incroyable – du coup, les embouteillages paraissent complètement anodins. J'ai beau avoir du caractère, comme on dit, et une capacité d'endurance plutôt développée, j'ai beau ne pas être du genre à m'effrayer d'un rien, cette ambiance me stresse. Le soir, je rentre fatiguée, sur les nerfs, hyper réactive, à fleur de peau, je m'impatiente, je m'agace d'un rien, je gueule et c'est Sofiane qui fait les frais de cette humeur détestable. C'est trop injuste.

Ça fait déjà quatre ans que ça dure, quatre ans d'une vie de dingue pour tout tenir, tout assumer, le boulot, la maison, les états d'âme des aides à domicile, les absences, l'inquiétude, quatre ans au bord de l'explosion, quatre ans où ni Sofiane ni moi ne pouvons être un peu tranquilles. Il devient évident qu'on ne peut pas continuer comme ça, il est urgent de trouver une solution.

Cette solution va m'apparaître soudain comme une évidence. Bon sang mais c'est bien sûr, comment n'y ai-je pas pensé plus tôt ? Je vais changer de métier, pas complètement car je l'exerce déjà à temps partiel, non déclaré, non rémunéré, mais cette fois, je vais officialiser et devenir… auxiliaire de vie de Sofiane ! C'est simple, je prends rendez-vous avec le directeur de la société de service qui me « fournit » (mal) depuis quelque temps, j'explique ma situation et lui propose de m'embaucher exclusivement pour être au service de mon fils. C'est si facile, au fond. Je fais une rupture conventionnelle avec la RTM et intègre ma nouvelle fonction. Et voilà comment, depuis trois ans, Sofiane est mon patron. Un patron exigeant qui ne veut pas entendre parler d'heures supplémentaires, et ça vaut mieux car si je suis salariée huit heures par jour, en réalité mon travail est un plein temps vingt-quatre heures sur vingt-quatre, sept jours sur sept, douze mois sur douze – je n'ose imaginer la note si je facturais les heures supplémentaires. Un travail que j'aime plus que tous les autres métiers que j'ai pu exercer dans la vie. Et je crois que, pour Sofiane comme pour moi, c'est la meilleure formule. Je le connais mieux que personne et il a confiance en moi plus qu'en n'importe qui d'autre. La force de l'habitude m'a rendue experte en soins quotidiens à apporter à une personne atteinte de la myopathie de Duchenne.

Je fais tout ce qu'il ne peut plus faire, je devine, je devance, je prévois et je comprends ses impatiences. S'il a le nez qui gratte, je ne lui demande pas d'attendre que j'aie fini ce que je suis en train de faire, j'arrête tout et je viens le gratter.

Quand tout le corps fonctionne, quand on a l'usage de ses bras et de ses jambes, on fait tout un tas de choses sans même s'en rendre compte, comme si c'était naturel. Se gratter donc, mais aussi attraper un objet, tourner une page, boire quand on a soif, aller aux toilettes, se laver les dents… Les gestes s'enchaînent de manière automatique, sans qu'on y pense. Sofiane, lui, ne peut rien de tout ça. Rien. Il est dépendant pour tout, le mouvement le plus anodin nécessite l'intervention d'un tiers. Je m'efforce d'être ce tiers, la plus rapide possible pour ne pas ajouter à sa frustration. Certains me disent : « Tu es à sa botte, tu lui cèdes tous ses caprices… », mais c'est faux ! Je voudrais juste les voir à sa place ne serait-ce que l'espace de quelques heures, histoire qu'ils se rendent compte de ce que c'est. On verrait bien s'ils ne sont pas impatients, si parfois ils n'enragent pas de ce décalage permanent entre ce qu'ils veulent faire et le moment où, enfin, quelqu'un daignera le faire pour eux.

Pour Sofiane je fais mon maximum et tant que je peux, rien n'entamera mon désir et ma détermination. J'irai même au-delà de mes forces pour ne pas le laisser en plan. Rien ne m'arrête, rien ne doit m'arrêter. Il m'arrive parfois d'avoir mal au dos, à la suite d'un faux mouvement par exemple, dans ce cas je me ménage, je reste allongée le plus possible, mais pour Sofiane, je suis debout. J'ai mis au point une technique pour le porter, non sans douleurs, mais je n'ai pas le choix, c'est son confort avant le mien. Heureusement, cela n'arrive plus que rarement, c'est d'ailleurs pour empêcher ce genre d'incident qu'à la salle de sport je travaille avec ardeur et ténacité mes lombaires et mes abdominaux.

De là à dire que je cède à tout, tout le temps, il y a un très grand pas. Il arrive même que nous ayons des prises de bec parce que je refuse de faire quelque chose qu'il me demande. Un énième jeu sur ordinateur par exemple, c'est non. Il râle, m'accuse de profiter du fait qu'il est handicapé pour le frustrer mais je ne suis pas stupide, je sais qu'il dit ça pour essayer de m'inciter à changer d'avis en me culpabilisant…

Mes nuits sont souvent hachées, parce qu'il a mal à la jambe, parce qu'il a froid, parce qu'il tousse, parce qu'il a besoin de quelque chose. En plein sommeil, je n'ai pas toujours envie de bouger, je pense que ça va passer, qu'il va se rendormir, mais non, il appelle, insiste, ne lâche pas l'affaire, et me traite de monstre si je mets trop de temps à réagir. Ce n'est pas que je ne veuille pas l'aider, mais une fois que je suis réveillée, il me faut du temps pour retrouver le sommeil et quand le réveil sonne, je suis KO debout. Et pourtant, je n'ai pas le choix, je dois y aller…

Parce qu'il ignore la fatigue, Sofiane ne comprend pas que je puisse avoir envie de me coucher tôt. À Noël dernier, le jour du départ pour Charleville, je me suis levée aux aurores, me suis occupée de lui, ai fini de rassembler le matériel, chargé la voiture, roulé près de neuf cents kilomètres d'une traite avec pas mal de pluie et de brouillard… À l'arrivée, je suis déjà claquée. Mais pas moyen de souffler, il faut décharger, installer, ranger, brancher, se poser, grignoter… STOP ! À 22 heures, mes yeux se ferment tout seuls, j'ai l'impression d'être debout depuis plus de vingt-quatre heures, je n'en peux plus, mais Sofiane ne veut pas se coucher. Ce sont les vacances, il sera toujours temps de dormir, on peut bien regarder un peu la télévision. Évidemment, lui n'a pas bougé de la journée, il pète le feu, il veut en profiter, a besoin de compagnie.

Ai-je le droit de lui imposer de se coucher alors qu'il n'en a pas envie et ne peut même pas lire au lit ? Je ne peux pas davantage le laisser devant la télévision, il passerait toute la nuit dans son fauteuil, courbaturé de partout. Alors ? Alors je reste avec lui, et à deux heures du matin nous sommes encore debout. Je n'en peux plus. Et pourtant, si, je peux encore.

Quand il dépasse les bornes, quand il me cherche, quand il surjoue l'impatience et oublie de se mettre un peu à ma place, j'ai à ma disposition des armes très spéciales pour le ramener à plus de calme : il ferait mieux de faire attention, il suffirait que je débranche la machine, que j'enlève la trachéo, et en quelques heures, hop, terminé, adieu, Sofiane !

De l'extérieur, cela peut paraître d'un humour douteux mais il faut bien dédramatiser. Entre nous c'est un jeu, une façon de fronder, de se croire plus forts. Je sais que je ne lui fais pas peur, il sait que je donnerais ma vie pour lui.

Ce n'est pas très drôle et je n'abuse pas de ce genre de menace, même si entre nous nous parlons de tout, et même de la mort, je l'ai dit, comme nous parlerions du menu du soir. Ma hantise est de mourir avant lui. Ce n'est pas dans l'ordre des choses de penser ainsi, normalement les parents souhaitent mourir avant leur enfant, nous c'est différent. La vie nous a montré que peu de gens étaient capables de prendre soin de Sofiane. Certains sont pleins de bonne volonté, mais ça ne suffit pas. Il faut de l'amour, beaucoup d'amour, et pour ça, il me semble que jusqu'à présent je suis la mieux placée.

Je ne serais pas tout à fait honnête si je ne parlais pas ici d'Anne-Marie. Anne-Marie est arrivée dans notre vie quand j'ai commencé mon job d'aide à domicile à plein temps. On m'accordait en effet les services de quelqu'un cinq heures par semaine, en cas de besoin. Et cette fois, pas de défilé, la première a été la bonne, une nouvelle perle. Anne-Marie est formidable. Toujours disponible quand je l'appelle pour me remplacer au pied levé : pour aller à la fac, pour rester à la maison si je dois m'absenter un trop long moment. Elle ne compte pas ses heures, je n'abuse pas mais je sais que je peux compter sur elle. En plus, elle a suivi une formation pour pouvoir aspirer la trachéo de Sofiane, ce qui est essentiel. Elle a les clés, elle connaît la maison, elle nous connaît, elle est sympa. Anne-Marie est plus qu'une aide : une amie.

Une grande famille

Si, pour justifier notre entente et notre attachement, il était besoin de chercher des points communs entre Sofiane et moi, l'amour des animaux figurerait en tête de liste.

Dès l'enfance, les animaux ont joué un rôle important, m'apportant tendresse, consolation, douceur... et imprévu.

Mes parents n'étaient pas particulièrement enclins à partager leur vie avec un animal domestique, mais lorsque des amis ont proposé de nous donner un petit de la portée de leur chatte, ils n'ont pas dit non. Autant la chatte en question était méchante, agressive, sauvage, autant la petite boule de poils que nous avons accueillie était douce et affectueuse. Hélas, en grandissant, Mickette s'est mise à ressembler à sa mère, et dès que quelqu'un arrivait à la maison, il fallait l'enfermer pour plus de sécurité. Elle avait en effet la sale manie de sauter sur tout le monde, avec une préférence très marquée pour les propriétaires de chien.

Cela nous a valu une scène mémorable lors d'une visite de mon oncle et ma tante, accompagné de leur caniche, Youki. La porte de la pièce où on avait neutralisé Mickette était-elle mal fermée ? A-t-elle réussi à l'ouvrir à force de s'énerver ? Une main malveillante a-t-elle décidé de la libérer ? Ce n'était plus une chatte qui a fait irruption dans le salon mais une tigresse. Elle s'en est d'abord prise à mon frère, lui sautant au visage et plantant ses griffes juste au coin de son œil, manquant de peu le lui crever. Puis elle a bondi sur une de mes sœurs, s'emmêlant dans ses cheveux et la blessant au crâne. Enfin, elle s'est jetée sur le pauvre Youki, mais mon oncle a voulu s'interposer, elle ne lui a pas pardonné de l'interrompre dans son élan et, pour le punir, lui a planté ses canines dans les doigts qu'elle a transpercés, y restant suspendue. Panique totale. Malaise de mon oncle. Et mon père aux urgences car l'hystérique lui avait griffé le bras quand il avait enfin réussi à l'attraper, juste sur un vaisseau lymphatique.

Entre deux crises, à la manière des pervers narcissiques qui, après avoir humilié, injurié, cogné, sadisé, rampent, s'excusent et promettent que ça ne se reproduira plus, Mickette redevenait une chatte tranquille… jusqu'à la prochaine explosion. Mais cette fois c'était trop, le retour à la normale n'a rien changé à la décision de mon père qui l'a conduite chez le vétérinaire pour la faire piquer. Mickette n'étant pas malade, le véto a refusé, nous expliquant qu'elle était mi-domestique, mi-sauvage et serait plus à sa place dehors que dans un appartement. C'est comme ça que nous avons conduit Mickette dans les bois, toute la famille en larmes, comme il se doit, très attachée à cette chatte pas comme les autres.

« Les animaux, terminé ! » a conclu mon père en s'essuyant discrètement les yeux. De toute façon, il n'était pas question de remplacer Mickette, elle était unique.

Quelques années plus tard, lors d'une visite chez des cousins, nous sommes allés chez leurs voisins pour jouer avec eux. Leur chienne venait d'avoir des petits, adorables, j'étais tellement émerveillée et émue que la voisine a proposé de m'en donner un. Colère de mon père en me voyant arriver avec mon précieux cadeau : « Hors de question ! Je n'en veux pas ! Tu ramènes ça où tu l'as eu ! » J'ai insisté, pleuré, tant et si bien qu'il a fini par céder. Mais dans la voiture, sur le chemin du retour, qu'est-ce que je n'ai pas entendu : « Je te préviens, c'est à toi ! Je ne veux pas en entendre parler, tu te débrouilles avec ta chienne et tu nous fiches la paix, ne compte pas sur moi pour quoi que ce soit ! » Mais Sarah, petit cocker à poils courts, était si craquante que tout le monde a craqué, même mon père dont elle est devenue la meilleure amie.

Et puis un jour, Sarah, en chaleur, s'est fait la belle et a donné naissance à une belle portée, que nous avons réussi à donner, sauf un, une plus exactement, que nous avons gardée, et que j'ai baptisée Lolita, en hommage à Renaud, l'une de mes idoles.

Ces deux chiennes, je les ai laissées le cœur gros quand j'ai quitté Charleville, mais je les savais entre de bonnes mains, celles de mon père qui s'en occupait avec attention et tendresse.

Avec Sofiane, nous avons longtemps vécu sans animal. Nous étions un peu trop nomades, nos appartements n'étaient jamais bien grands, et nous avions largement de quoi nous occuper. Sofiane s'attendrissait devant les vaches (il adore), et aussi les écureuils, les ânes et les chevaux, les chiens et les hamsters. Lorsque nous habitions à Istres, une bande de chats errants avait élu domicile au bas de notre immeuble. Sofiane, qui jouait avec eux dès que possible, rêvait d'en adopter un. Et puis quoi encore ? Il n'était pas question de prendre le risque d'accueillir une bête sale et malade qui pouvait lui transmettre des saloperies de virus dont il n'avait pas besoin. Mais je voyais bien que ça le chagrinait et que son envie ne passait pas, alors j'ai fini par céder. C'est comme ça que Mickette a fait son entrée dans notre vie. Mickette, en souvenir de la première chatte de mon enfance dont j'avais souvent raconté l'histoire à Sofiane.

Cette seconde Mickette était toute mignonne, mais elle a vite montré son vrai caractère, pas toujours facile. Rien à voir pourtant avec la première, elle était le plus souvent douce, surtout avec Sofiane, passant une bonne partie de son temps assise sur ses genoux et dormant avec lui, et tous les deux étaient tellement bien ensemble que je croyais entendre mon fils ronronner. Au passage, je précise que je n'étais pas le moins du monde jalouse de cette chatte, et de l'attachement que Sofiane avait pour elle. Au contraire, cela me réjouissait.

Quatre ans plus tard, une copine dont la chatte venait d'avoir une portée a eu la bonne idée de mettre un chaton sur les genoux de Sofiane. Qui l'a adopté aussitôt et ne voulait plus le rendre. Je trouvais que nous avions largement assez d'une chatte à la maison, mais je me souvenais trop de mes désirs d'enfance pour refuser ce bonheur à mon fils. Et voilà que Milou est venu agrandir la famille. Sauf que Milou n'était pas un chat comme nous le pensions mais une chatte, et au lieu de la rebaptiser, nous nous sommes contentés de féminiser son nom en lui ajoutant un « e ». Mais avec ou sans e, Mickette n'a pas vu d'un bon œil l'arrivée de cette rivale et a eu du mal à l'accepter. Par amour pour Sofiane sans doute, elles ont fini par trouver un modus vivendi en s'ignorant le plus possible.

Terminé les animaux ?

Jamais deux sans trois, dit-on. Et c'est ainsi qu'en 2012, nous avons accueilli Harmony, un border collie de pure race, ces chiens gardiens de troupeaux de moutons que Sofiane adore et dont il rêvait depuis un moment. Pour ses 17 ans, je lui ai donc offert ce cadeau qui est venu agrandir notre famille avec bonheur.

Malgré tout ce qu'on raconte (les animaux ça prend du temps, c'est encombrant et contraignant, c'est galère dès qu'on veut partir quelque part…), nos deux chattes et notre chienne ne m'ont jamais posé de problème et je ne les ressens pas comme un fardeau. Les premières sont assez indépendantes pour vivre leur vie : elles font leurs besoins dehors, je n'ai même pas de litière, et restent seules quand nous partons, nourries par une voisine qui garde un œil sur elles. Quant à Harmony, elle est de tous nos voyages, à moins d'interdiction formelle dans un hôtel, et dans ce cas, elle va en pension chez un copain cultivateur.

Alors si on me demande pourquoi s'encombrer d'animaux, je réponds que primo ils ne nous encombrent pas, et que secundo nous les aimons. Et puis pour Sofiane, ces femelles sont de vraies sœurs. Mickette est morte récemment, d'une sorte de leucémie, et il est inconsolable. Il a tenu à l'incinérer et à garder ses cendres près de lui. Il ne dit trop rien, mais je sais qu'il pense toujours à elle, qu'elle lui manque, qu'elle était un réconfort, un appui, un bonheur, une confidente discrète et toujours présente, douce et câline.

Longtemps Sofiane m'a reproché de ne pas lui avoir donné de petit frère. Personnellement, dès sa naissance, je me suis dit que je n'aurais jamais assez de temps pour m'occuper d'un deuxième enfant. Maintenant, il m'arrive de penser qu'il (ou elle) m'aurait bien aidée, mais on ne fait pas des enfants pour qu'ils nous servent ! Et puis je sais trop que lorsqu'il y a un enfant malade dans une fratrie, les autres souffrent parce que tout tourne autour de lui, il prend trop de place, focalise l'attention, fait vivre dans un climat d'inquiétude permanente et éprouver à ses frères et sœurs des sentiments ambivalents, souvent teintés de culpabilité… Entre donner un confident à Sofiane et donner la vie à un enfant qui risquait d'être malheureux, mon choix a été vite fait.

Sûr que notre vie aurait été différente si nous avions été trois, mais je me demande comment nous aurions fait, comment Sofiane aurait accepté de partager, comment le trio aurait fonctionné. J'y pense, et puis j'oublie. À quoi bon regretter ce qu'on n'a pas et s'inventer des histoires ?

Notre ange gardien

« J'aurais voulu être un artiste… » Je crois même que j'aurais pu, parce que comme je l'ai dit, j'avais plutôt une jolie voix, et un sacré culot. En attendant je rêvais devant tous les chanteurs dont je connaissais les chansons par cœur et que je guettais à la sortie de leur spectacle pour me faire signer des autographes, échanger quelques mots.

À 19 ans, j'ai participé à un radio-crochet, pour voir de quoi j'étais capable. C'était au parc des expositions de Charleville, avec un jury composé du groupe Boney M. J'avais choisi d'interpréter « Liverpool », de Patsy, parce que j'avais un peu le même timbre de voix qu'elle. « Il s'écroule au petit matin, sur son canapé jaune déteint… » Je ne sais pas qui se souvient de Patsy mais je connais encore sa chanson par cœur. Elle m'a valu de décrocher la deuxième place derrière un monsieur qui avait chanté (très bien) « Capri, c'est fini ». L'un des membres du jury m'a dit que j'avais une belle voix et chantais très juste, ça m'a remplie de fierté et confortée dans l'idée que je serais chanteuse. Par la suite j'ai participé à tout un tas de concours pour essayer de me frayer un chemin. J'ai réussi à me retrouver en tête à tête dans un ascenseur avec Didier Barbelivien, qui m'a donné sa carte. J'ai failli passer une audition pour chanter avec Gilbert Bécaud, mais mon amoureux d'alors, jaloux, m'a enfermée à double tour dans l'appartement pour m'en empêcher – et je reste persuadée qu'il m'a fait passer à côté de la chance de ma vie. Par hasard enfin, je me suis retrouvée à suivre une tournée de Renaud, l'une de mes idoles, chargée de ce qu'on appelle le *catering* – qui n'est rien d'autre que les repas, la restauration. Cela n'a pas duré longtemps mais j'ai adoré ça. Vivre en équipe, bouger, changer de ville, voir du pays, côtoyer des artistes, assister aux concerts *backstage*, l'excitation, le speed, l'ambiance… j'avais l'impression d'être du bon côté des barrières, à ma place, j'étais heureuse, j'aurais bien continué, mais il faut croire que là n'était pas mon destin. Tout a changé à la naissance de mon fils. J'ai tout quitté pour me consacrer à mon nouveau métier : mère de Sofiane.

Les années ont passé, mais mon amour de la chanson, du spectacle est resté intact. J'ai gardé l'âme d'une midinette, attirée par les paillettes, et plus encore par le talent, cette capacité à toucher les gens en leur donnant l'impression qu'on s'adresse à eux directement. Sofiane est un peu comme ça. Ensemble, nous aimons bien regarder la télévision et Sofiane adore rencontrer les gens qu'il y voit – et bien sûr, pour moi, c'est tout sauf une corvée que d'accéder à ses désirs. Parce que son bonheur est aussi le mien et que ça me rappelle mes rêves de jeunesse.

Cet homme-là, Sofiane avait envie de le rencontrer depuis longtemps. Mais c'est quelqu'un qui fait carrière à la télévision et, contrairement à d'autres, qui ne se déplace pas pour enregistrer des émissions aux quatre coins de la France. Il fallait donc aller à un enregistrement à Paris, à moins de trouver une meilleure solution.

Grâce aux potins des journaux, je sais qu'il possède une maison dans les Alpilles, qu'à cela ne tienne, ce n'est pas très loin de chez nous, j'embarque Sofiane un dimanche pour une séance de repérage plus précis. Avec nous, mes parents, venus passer une semaine de vacances dans le Sud. Nous sillonnons les jolies petites routes des Alpilles autour du village où je sais qu'il a élu domicile, je n'en sais pas plus mais c'est assez.

Mes parents trouvent l'entreprise un peu folle mais, me connaissant, ils s'abstiennent de faire des remarques, sauf ma mère qui ne peut pas s'empêcher parfois de se demander à voix haute ce qu'elle est venue faire dans cette équipée. Nous roulons lentement, passons et repassons parfois par un même chemin, échouons dans des voies sans issue, des sentiers caillouteux barrés de pancartes « Propriété privée – Défense d'entrer », « Cette propriété est équipée de caméras de surveillance », tous ces panneaux nous signifiant que nous ne sommes pas chez nous et que personne ne nous attend. Ma mère s'impatiente, et je finis moi aussi par ressentir un certain découragement. Alors, je décide de faire demi-tour et de revenir une autre fois, seule, pour mener mon enquête jusqu'au bout, je n'aime pas baisser les bras et m'avouer vaincue.

Avant de repartir, ma mère a un besoin urgent de s'arrêter. J'emprunte au hasard un chemin isolé où elle sera tranquille… Je profite de cette pause pour me dégourdir les jambes… et là, à quelques mètres de la voiture, je me retrouve face à un panneau signalant des travaux chez monsieur et madame D. Bingo ! La chance est avec moi. « Maman, tu es en train de faire pipi chez la personne que nous cherchons ! » Je descends Sofiane, et nous nous dirigeons vers l'entrée de la propriété. Maman est horrifiée : « Tu ne vas quand même pas sonner et le déranger comme ça ! » Qu'est-ce qu'elle croit ? Que je me suis tapé deux heures de route pour rebrousser chemin quand j'ai trouvé ce que je cherche ? Pas question. Elle a beau protester, je sonne.

La dame qui me répond n'a pas l'air plus surprise que ça, peut-être est-elle habituée aux importuns, mais elle n'aboie pas pour me signifier que je dérange, non, au contraire elle me dit très gentiment que monsieur n'est pas là, il ne vient pas très souvent, mais je peux lui écrire et, promis, elle fera suivre.

Je ne la crois qu'à moitié, et de retour chez nous, vite reprise par le rythme de notre vie, la tête ailleurs que dans les Alpilles, je mets du temps à trouver un moment calme pour m'asseoir et rédiger une lettre. J'y explique la situation de Sofiane, son admiration pour lui… et pour sa femme aussi qui, dans l'ombre, défend la cause des animaux auxquels ils portent tous les deux un amour inconditionnel – ce qui nous fait un point commun. Je ne suis pas convaincue que ma lettre sera lue, mais je n'ai rien à perdre. Qui ne tente rien n'a rien !

Quelque temps après, je reçois la réponse de sa femme, me proposant de venir les rencontrer pendant le mois de juillet. Aïe, ça tombe mal, nous partons justement en vacances en juillet, au Maroc pour voir la famille paternelle de Sofiane, un voyage prévu de longue date et impossible à remettre sans blesser la grand-mère, les oncles, tantes et cousins. En revanche nous serons là en août, mais re-aïe, ça tombe mal pour monsieur et madame D., en août ils reçoivent famille et amis et n'auront pas de temps à nous consacrer. Ce n'est que partie remise, cette femme que je ne connais pas et dans la vie de laquelle je fais irruption sans prévenir m'assure qu'elle et son mari me recontacteront ultérieurement, il vient de terminer un livre, de nombreuses signatures et rencontres avec le public sont prévues, quand il passera dans la région nous serons les premiers avertis.

Tout ça traîne un peu en longueur, mais ce n'est pas très grave finalement, notre vie n'est pas en jeu et nous avons tout le temps devant nous. Même le temps de passer à autre chose et de ne plus penser à monsieur D., sauf quand nous le voyons à la télé, sans regret ni amertume. La rencontre se fera quand elle se fera, et si elle doit se faire.

Début décembre, je suis à la salle de sport, en pleine séance d'abdos, quand le téléphone sonne.

S'affiche un numéro inconnu mais je décroche, toujours sur le qui-vive à propos de Sofiane. « Allô, madame Migeot ? » La voix de l'homme est chaleureuse, le ton posé. « Monsieur D. sera à Saint-Rémy-de-Provence le 19 décembre pour dédicacer son dernier livre. Il vous attend. » J'ai un peu de mal à y croire, je soupçonne un copain de me faire une mauvaise blague et je suis à deux doigts de l'envoyer balader, mais quelque chose me retient, je m'abstiens, je la ferme et me contente de remercier, bien entendu nous viendrons, au revoir monsieur, à bientôt.

Le 19 décembre, nous y sommes. Mais quel monde à la librairie, les gens piétinent sur le trottoir en attendant de pouvoir entrer, je n'ai aucune envie de poireauter, surtout qu'il fait frais et Sofiane, déjà frileux de nature, a plus vite froid que n'importe qui vu qu'il ne bouge pas. Nous allons faire un tour au marché de Noël, avec ses stands de santons de Provence, de miel du pays et de bonnets péruviens, dans des odeurs de savons artisanaux, mais là aussi il y a du monde et nous ne sommes pas là pour ça. Nous retournons dare-dare à la librairie en espérant que la foule se sera un peu clairsemée. Hélas, monsieur D. est très populaire et, visiblement, il aime son public, ne se contente pas d'une petite dédicace bateau et passe-partout, il parle, écoute, questionne… À ce rythme-là, nous allons y passer la nuit ! Nous sommes coincés au fond de la salle, mais nous avons le temps, rien ne presse. Il fait bon, l'ambiance est chaleureuse, il y a des situations bien pires. Mais la libraire nous repère et, compte tenu du fauteuil, du handicap, nous conseille de griller la politesse à tout le monde et de nous faufiler jusqu'à monsieur D. Impossible. Je la remercie mais j'ai trop de choses à raconter, je risque de prendre trop de temps, d'empêcher les autres gens de pouvoir lui parler.

« Si c'est aussi long que ça, mieux vaut commencer tout de suite ! » Monsieur D. a entendu et nous sourit en nous faisant signe d'avancer. Malgré ma gêne, je m'exécute, bien décidée à ne pas laisser passer l'occasion, et nous nous installons à côté de lui, en essayant de nous faire tout petits. En nous voyant, il n'a pas tout de suite fait le lien, mais quand nous nous présentons, il comprend qui nous sommes. Et là, ce monsieur que nous ne connaissons pas mais que tout le monde connaît ou croit connaître et que tout le monde aime, ce monsieur super occupé, super sollicité, nous mitraille de questions : le parcours de Sofiane, sa maladie, ses études, mon métier, notre vie… tout, tout, tout. Il est curieux, attentif, et vraiment sympathique. Il ne force rien, il ne joue pas un rôle, il n'est pas dans la représentation, il aime les gens. En tout cas, il s'intéresse à eux, et à ce moment-là, il semble s'intéresser à nous plus qu'à personne d'autre.

Je lui parle alors de mon projet : organiser un nouveau spectacle dont les bénéfices iraient à l'association Une autre vie pour Sofiane, dont le but est de récolter des fonds pour acheter un matériel hyper coûteux qui dépasse mes moyens. Nous avons besoin d'une nouvelle voiture, la mienne donnant des signes d'épuisement certain. Et j'aimerais bien, dans la mesure du possible, que monsieur D. puisse me mettre en relation avec des vedettes pour les faire venir à Port-de-Bouc. Il se montre très curieux de cette voiture, la marque, la fabrication, le prix, la durée de vie… mais il douche un peu mon enthousiasme quant à mon idée de concert : réussir à faire coïncider des agendas déjà surchargés pour réunir plusieurs noms de la chanson ou du spectacle paraît une entreprise un peu démesurée, enfin il va tout de même voir ce qu'il peut faire pour nous.

Avant de partir, petite photo souvenir, je me mets un peu en retrait sur le côté, légèrement intimidée, ça amuse monsieur D. : « N'ayez pas peur, vous pouvez vous approcher, je partage ma chaise avec vous. » Je finis sur ses genoux ! Le représentant régional de son éditeur qui prend la photo rigole : « Avec une photo pareille, vous avez les moyens de le faire chanter ! »

Monsieur D. répète qu'il va voir ce qu'il peut faire pour nous aider, et me demande mon numéro de téléphone afin de pouvoir me rappeler. Celle-là, on ne me la fait pas : trop facile, il a mon numéro, moi je n'ai pas le sien et je sais très bien ce qui va se passer. « Ah mais non, vous ne comprenez pas, si je prends votre numéro et que je dis que je vais vous appeler, je vous appellerai. » Qui sait ? De toute façon je n'ai pas d'autre choix que de le croire.

Nous venons de passer un très beau moment avec un homme super gentil et super disponible, mais je ne sais pas encore à quel point cette rencontre exceptionnelle va changer notre vie.

Le 24 décembre à 19 heures, il appelle, mais je suis occupée ailleurs et n'ai pas le temps de décrocher. Et puis c'est un numéro masqué, je n'aime pas ça, je me méfie toujours. J'ai tort. « Bonjour Nathalie, c'est monsieur D. J'espère que vous allez bien, ainsi que votre fils Sofiane, je vous rappellerai un peu plus tard », dit le message. Je n'en reviens pas, tout excitée je téléphone à mes parents pour leur raconter : Monsieur D. en personne, pas un secrétaire ou un assistant, non, lui-même vient personnellement de me laisser un message, c'est incroyable, je n'aurais jamais imaginé qu'il tiendrait parole. Un double appel pendant que je parle à mon père, je ne décroche pas assez vite, je le rate une seconde fois !

Je suis furieuse, énervée, je m'en veux : je suis sûre que cette fois, c'est mort, il ne nous rappellera plus, il a quand même autre chose à faire dans la vie. Je tombe presque à la renverse en découvrant qu'il a laissé un nouveau message : il souhaiterait venir nous voir à la maison si ça ne nous dérange pas… c'est tout juste si je ne pense pas avoir des hallucinations auditives. Monsieur D., chez nous, à Port-de-Bouc, inimaginable !

Pourtant c'est bien lui en chair et en os, ce 3 janvier, qui déjeune avec nous, qui s'asseoit sur le canapé blanc du salon, qui parle, pose des questions, raconte des histoires… J'ai du mal à écouter ce qu'il dit, je n'y crois toujours pas, je me pince, c'est bien lui, là, juste avec Sofiane et moi, sans caméra ni journaliste pour immortaliser la scène et montrer combien il est formidable. Il est tout simple, direct, vraiment gentil, et s'il me dissuade d'organiser un concert avec des vedettes, il veut nous aider en faisant un don à mon association pour participer à l'achat de la fameuse voiture. Et le voilà qui appelle le directeur de la société à laquelle je l'ai commandée pour lui réclamer un geste en faveur de mon association. Monsieur D. est convaincant, le directeur nous offre quatre mille euros.

Dingue, c'est tout simplement dingue ! Je réalise à peine ce qui est en train de se passer, chez nous, devant nous, et pour nous…

Le 14 février, la voiture commandée se gare devant chez nous. Quatre jours plus tard, le 18, un pot est organisé à la mairie pour fêter l'événement. Je ne sais pas quoi dire. Je ne sais pas si je dois rire ou pleurer, d'ailleurs je ris et je pleure tout à la fois. Je n'ai pas une grande habitude des cadeaux. Lorsque j'avais 17 ans, mon premier amoureux, Franck, m'avait offert un briquet Bic, j'avais eu les larmes aux yeux tellement j'étais touchée qu'on puisse m'offrir quelque chose sans autre raison que de me faire plaisir. Malgré l'émotion, j'avais quand même réussi à dire merci, mais devant cette voiture équipée pour transporter mon fils et partir aux quatre coins de l'Europe étancher sa soif de voyages et de découvertes, je n'ai plus de mots, je suis trop émue, éperdue de reconnaissance. Je n'ai pas eu à galérer, la voiture est arrivée toute seule ou presque. Jamais de ma vie je n'avais vu une générosité pareille, je ne m'en suis toujours pas remise.

Il est peut-être temps de révéler l'identité de ce monsieur D. – à moins que je ne prolonge le suspense, juste pour le plaisir ! Parce que l'histoire ne s'arrête pas là, un petit don et puis s'en va, et disparaît comme il est venu. Monsieur D. fait aujourd'hui partie de la famille, d'ailleurs s'il envoie à un mot à Sofiane, il signe « Tonton ». Monsieur D. téléphone, envoie des messages et nous en adresse parfois via la télévision, nous invite à ses émissions et fait tout ce qu'il peut pour nous obtenir des places pour les spectacles que Sofiane a envie de voir. Grâce à lui, nous avons rencontré Johnny, notre boss à nous, et Céline Dion, vingt minutes en tête à tête, l'un des rêves de Sofiane. Quand Soso s'est fait poser la trachéo, Tonton est venu le voir. Est venu encore fêter ses 20 ans, venu aussi soutenir un gala de boxe organisé par un ami dans les Ardennes, sans rien demander en échange, sans convoquer les journalistes.

Il ne fait pas ça pour sa petite gloire personnelle, et même si les cyniques se moquent en disant qu'avec ce qu'il gagne ça ne lui coûte pas grand-chose de nous aider, je les laisse dire. Nous ne sommes pas les seuls que monsieur D. a pris sous sa protection, je le sais, même s'il ne se vante jamais de ce qu'il fait. C'est un homme qui a du cœur et une belle âme.

Nous avons en commun la passion des animaux, je l'ai dit, et celle du sport, qu'il pratique très régulièrement, comme moi. Il me fait promettre de ne jamais arrêter, de toujours prendre soin de moi et de ma santé comme je le fais pour Sofiane. Par écran interposé, je le connais depuis que je suis toute petite, j'ai grandi avec lui et pour moi comme pour beaucoup d'autres il est devenu familier. Vu son âge, il pourrait être mon père et j'écoute ses conseils parce que je sais qu'il ne pense qu'à notre bien. J'ai confiance en lui et il a confiance en nous.

C'est une personne rare, et sûrement la rencontre la plus importante de ma vie – après Sofiane bien sûr.

Je considère monsieur D. comme notre ange gardien. J'ai longtemps pensé que j'avais de la chance, que j'étais protégée, mais je n'imaginais pas qu'un jour un ange s'incarnerait. Je sais que nous pouvons compter sur lui en toutes circonstances, il ne nous lâchera jamais. Je veux qu'il continue à s'entretenir pour vivre le plus longtemps possible. Je ne veux pas penser qu'il peut mourir un jour, avant moi, avant nous, je voudrais qu'il vive jusqu'à 150 ans. La perte, la disparition, c'est trop dur, c'est toujours une forme d'abandon, cette angoisse que je porte et qui ne me quitte pas. Voilà pourquoi je ne m'attache pas, en tout cas le moins possible. Mais avec monsieur D., c'est différent. Tout est différent depuis qu'il est entré dans notre vie. La solitude n'est plus la même.

Peut-être que c'est ça qui l'a touché, notre solitude. Pas notre isolement, parce que nous sommes bien entourés, mais cette solitude qui nous fait nous cramponner l'un à l'autre, Sofiane et moi, toujours tous les deux, pour avancer, se battre, affronter la maladie, les médecins, les galères, et aussi se réjouir de tout le bon et le beau qui nous arrive. Peut-être qu'il a senti ça, peut-être qu'il le comprend, peut-être qu'il éprouve un peu la même chose au fond de lui…

Avec lui, notre vie a radicalement changé. Il est le magicien venu y mettre un peu plus de lumière, de plaisir, d'exceptionnel. Comme s'il avait le pouvoir d'exercer tous nos vœux. Attention, nous n'abusons pas et ne demandons jamais la lune ! De toute façon, avec lui, pas besoin de demander, il propose et organise avant que j'aie eu le temps de dire ouf. Et si j'organise quelque chose sans passer par lui, je me fais presque engueuler. Comme cet été où Sofiane voulait voir le spectacle du Puy-du-Fou : j'avais pris les places, réservé la chambre d'hôtel… qu'est-ce que je n'ai pas entendu ! J'aurais dû passer par lui, il allait arranger ça, il fallait que nous soyons bien traités !

C'est simple, monsieur D. a le pouvoir de faire de nous des gens importants. Il faut voir comme nous sommes reçus si nous allons assister à l'enregistrement de son émission. Tout le monde s'inquiète de savoir si nous sommes bien installés, si nous avons besoin de quelque chose, si on peut faire quoi que ce soit pour nous… Parfois ça me gêne. Ou ça me fait rire, c'est selon. Il y a des gens qui ne sont pas grand-chose mais qui sous prétexte qu'on voit leur tête à la télé et dans les journaux people se prennent pour de grands esprits ou de grands artistes. Ça ne m'impressionne pas, ça m'énerve. Monsieur D., dont la carrière est d'une longévité exceptionnelle, n'est pas comme ça, il a su rester simple, disponible, prévenant. Il sait aider les débutants, ouvrir les portes, donner des contacts. Généreux, il aime aider, soutenir, encourager. Il ne se prend pas pour le roi du monde alors qu'il connaît tout le monde, justement.

C'est fou, j'ai toujours l'impression qu'il veut me simplifier la vie, me soulager, aplanir les difficultés quand c'est possible. Il a même fait jouer ses relations pour aider un de mes neveux qui voulait devenir pompier. Et tout ça par gentillesse, par générosité, il n'agit pas dans le but d'obtenir quoi que ce soit en retour, c'est juste une façon de partager, de redonner un peu de ce qu'il reçoit, il sait que je n'ai rien à lui offrir, que je ne lui « sers » à rien, mais il est là. Il n'a jamais failli. Je suis fière de son amitié.

Impossibilité d'énumérer le nombre de fois où il m'a donné un coup de main : pour aller voir un spectacle, pour solliciter un de ses contacts s'il peut m'être utile. Le nombre de fois où il a fait un aller-retour pour voir Sofiane à l'hôpital, pour être présent à son anniversaire, pour animer une soirée de bienfaisance organisée par mon ami Hamid Zaïm. Le nombre de fois où il est passé dire bonjour à mes parents, où il téléphone pour prendre des nouvelles, où il envoie un SMS de soutien… Quand il promet quelque chose, il tient toujours parole. Il est d'une fiabilité à toute épreuve. J'ai trop d'affection pour lui pour en abuser.

Pourtant, autour de moi, certains ne se privent pas de me demander d'intercéder auprès de lui pour obtenir de l'aide. Comme cette copine de copine qui voulait que je l'appelle pour le convaincre d'acheter l'aspirateur que sa fille était chargée de vendre. Et puis quoi encore ? D'autres qui se croient artistes me refilent des maquettes de CD pour que je les lui transmette. Je les écoute avant et j'ai raison : certaines finissent directement à la poubelle, je ne veux pas me ridiculiser.

Je peux lui recommander un ami à partir du moment où je suis sûre de son talent. Je l'ai fait pour Nabil, dit le Naestro, et si c'était à refaire, je le referais. Mais je ne veux pas prendre le risque d'abîmer notre amitié en le sollicitant à tout bout de champ. À force, je devine ce qu'il peut accepter ou non.

En mai dernier, mon ami Hamid Zaïm, boxeur, entraîneur et personnalité réputée à Charleville, organisait pour la troisième fois la grande soirée des « Sangs liés » – en clin d'œil au sanglier, symbole et mascotte des Ardennes depuis des lustres. Il s'agit d'une soirée sportive consacrée à la boxe, où les plus grands viennent bénévolement, les bénéfices étant destinés à des associations caritatives s'occupant d'enfants en situation de handicap. Parmi les six bénéficiaires cette année, la mienne, Une autre vie pour Sofiane. La date était fixée au 26 mai et Hamid m'avait demandé si je croyais possible que monsieur D. vienne présider la soirée. Comme toujours, la réponse a été claire et sans détour : il était en déplacement professionnel le 26 mais pouvait se rendre disponible le 6 mai si Hamid le souhaitait. J'ai transmis, mais Hamid avait tant de mal à y croire qu'il hésitait à faire de la pub, redoutant d'annoncer la présence de monsieur D. qui risquait de se décommander au dernier moment. C'était mal le connaître.

Le jour J, je suis allée le chercher à la gare, il était seul, sans secrétaire particulier, maquilleuse ni quoi que ce soit. Simple et content d'être là, retrouvant l'une de ses passions, la boxe, et l'un de ses premiers métiers, commentateur sportif. Disponible, gentil, pas bêcheur pour deux sous, il s'est prêté au jeu de bonne grâce et avec simplicité, a rendu visite aux uns et aux autres, prenant le temps de se poser et de vivre une vraie rencontre.

Pendant presque deux jours, je me suis sentie un peu comme son assistante, et quand je l'ai reconduit à la gare, il m'a fait lui-même remarquer que j'avais bien fait le job. Une nouvelle fois, je me suis dit que dans une autre vie, c'est sûr, j'aurais bossé dans le show-biz. Je n'ai pas de regrets. Grâce à monsieur D., parfois, j'ai l'impression d'en faire partie.

Mais le plus beau n'est pas là. Le plus beau et le plus précieux, c'est sa présence. De près ou de loin il est toujours là. Il encourage Sofiane, il me demande si je tiens le coup, si je ne suis pas trop fatiguée, il me soutient. Parfois je me pince, je me dis que j'ai trop de chance.

Ah oui, j'allais oublier : monsieur D. est plus connu sous le nom de Michel Drucker.

De l'air

Nous avons prévu d'assister à l'enregistrement de l'émission de Patrick Sébastien, *Le Plus Grand Cabaret du monde*. Le matin, au moment de prendre le train, Sofiane ne se sent pas bien, il est crevé, mais refuse d'annuler, ça va s'arranger, ça passera quand il sera sur place, il a trop envie d'y aller.

L'accueil et l'attention sur le plateau ne sont pas ceux auxquels nous sommes habitués avec Michel Drucker, j'y prêterais sans doute moins attention si Sofiane était plus en forme. Mais je suis inquiète, il est très pâle, respire mal et pour couronner le tout, une invitée sans gêne et trop égocentrique pour se préoccuper d'autre chose que de son nombril tire sur une cigarette dont la fumée nous arrive directement dessus.

Début de l'enregistrement, premier numéro, je ne sais même plus de quoi il s'agit, je ne suis pas concentrée, je sens que Sofiane est en difficulté. Juste à la fin, il me dit qu'il n'arrive plus du tout à respirer, si ça continue, il va mourir. Ni une ni deux, nous quittons le plateau en urgence, je connais assez

Sofiane pour savoir qu'il ne se plaint jamais, s'il dit une chose pareille ce n'est pas du cinéma, il est en danger. En coulisses, appel aux pompiers qui nous conduisent à l'hôpital de Saint-Denis, le plus proche des studios d'enregistrement. Depuis un moment déjà, son diaphragme n'étant plus assez souple, Sofiane a besoin d'une machine pour l'aider à respirer, mais la batterie est faible et, à cause d'une mauvaise manipulation d'un pompier, elle s'arrête complètement. Mon fils est en détresse respiratoire, j'ai peur de le perdre. Plus les secondes passent, plus il pâlit et s'essouffle, je lui demande d'ouvrir la bouche pour lui donner un peu d'air, ce qui semble lui faire un peu de bien, en tout cas ça le maintient en vie.

Arrivée aux urgences, comme dans la célèbre série, effervescence, bourdonnements, brancards, médecins qui courent, examinent, donnent des ordres, s'affolent. Il n'y a pas deux machines pour ventiler qui ont le même fonctionnement, il faut donc que je leur explique comment marche celle de Sofiane, qu'ils trouvent le bon circuit (ce qui prend dix bonnes minutes), que je leur indique le bon réglage, qu'ils vont cette fois légèrement modifier pour qu'il respire mieux.

Nous sommes arrivés à 20 heures, il est 1 heure du matin quand ils décrètent enfin que Sofiane peut être conduit dans une chambre. Durant ces cinq heures, bien que crevé, Sofiane ne s'endort pas, il a trop peur de ne pas se réveiller. À présent, il est stable mais sa situation est préoccupante et à 9 heures, il passe des examens qui révèlent une très grosse infection pulmonaire du côté droit, assez inquiétante pour qu'on le transfère en réanimation.

« Toute présence étrangère au service est interdite », dit le règlement, rien n'est prévu pour les visites, mais il est hors de question que j'abandonne mon fils. Étant donné les circonstances, on consent à m'apporter un fauteuil-lit très inconfortable mais qui a au moins le mérite de me permettre de m'asseoir au lieu de rester debout ou de poser une fesse sur le lit de Sofiane. Il est allongé, branché à toutes sortes de machines, sous perfusion d'antibiotiques, et avec un masque sur le visage pour l'aider à respirer, car il a encore bien du mal à retrouver son souffle. Je ne cesse de lui demander comment il va, et il a beau dire qu'il se sent mieux que la veille, je vois bien qu'il a toujours de grandes difficultés respiratoires.

Le médecin nous avertit : si ça continue, ils vont l'intuber. D'emblée je suis contre, mais je demande l'avis de Sofiane : après tout, il est majeur, c'est à lui de décider, et je n'ai jamais pris une seule décision le concernant sans le consulter, même quand il était plus jeune. Il est tout de même le premier concerné et assez intelligent pour faire les bons choix. Là, en l'occurrence, il refuse l'intubation, veut être rapatrié à l'hôpital de Montpellier où il est suivi, où ils le connaissent, où ils ne prendront pas de décision à la légère.

Le Pr Jonquet, joint par téléphone, me conseille effectivement de le faire rapatrier au plus vite. En théorie c'est possible, mais l'hôpital de Saint-Denis refuse de le laisser sortir. Nous sommes vendredi, il faut selon eux attendre lundi matin – visiblement, ils nous prennent pour des inconscients, qui sous-estiment la gravité de l'état de santé de Sofiane alors que nous connaissons sans doute la maladie beaucoup mieux qu'eux. Encore une fois, je dois me battre pour me faire entendre. Nous sommes là depuis trois jours, je suis épuisée moralement et physiquement, mon fils est en danger… Une femme médecin s'avance, m'attrape par la main pour tenter de me faire sortir de la chambre, je la repousse violemment, je ne sortirai pas d'ici sans mon fils qui, de sa petite voix essoufflée, me supplie de ne pas le laisser. Ma fermeté la calme d'un coup et elle s'en va sans un mot. Je n'ose plus sortir de la chambre, j'ai trop peur qu'on m'empêche de rentrer, heureusement des filles sympas m'apportent en douce des compotes et des petits trucs à grignoter ; même si je n'ai pas faim je dois tenir le coup.

Je rappelle le Pr Jonquet pour lui demander d'intervenir en notre faveur, ce qui me vaut le mépris du chef de service de réanimation, il me reproche de vouloir lui apprendre son métier, alors que je veux seulement sauver mon fils et le soulager le plus vite possible sans avoir recours à une intubation qui ne servira à rien. Pourquoi certains médecins refusent-ils d'admettre qu'ils ne sont pas compétents pour tout, qu'ils ne connaissent pas toutes les maladies et ont besoin parfois de se faire aider ou de passer la main ? La myopathie de Duchenne est une maladie rare, il n'y a pas de honte à ne pas être un spécialiste en la matière, ce serait plus simple de le dire, tellement plus rassurant pour le patient et pour l'entourage, tellement plus humain aussi. Au fil des années, le malade comme ses proches acquièrent une connaissance approfondie de sa pathologie, ils s'en passeraient bien et n'en tirent aucune gloire, mais il est dommage qu'un médecin ne les écoute pas sous prétexte que lui est bardé de diplômes et pas eux. Si nous pouvions avancer ensemble, ce serait mieux, et heureusement, cela arrive. Sauf cas exceptionnel comme cet épisode, Sofiane est super bien suivi par une équipe compétente et attentive, chaleureuse et modeste.

Je passe les détails un peu fastidieux, mais à force de tractations entre Montpellier et Saint-Denis, nous obtenons finalement d'être rapatriés dans le Sud le samedi matin. Sofiane n'est pas en grande forme, il lutte contre son infection et a toujours du mal à respirer. Ce sera le rapatriement de toutes les galères. L'ambulance censée nous transporter de l'hôpital à l'aéroport tombe en panne, la machine à respirer aussi, le médecin pousse une gueulante et appelle une seconde ambulance, le transfert se fait sur le parking. À Orly, je me vois refuser l'embarquement car je n'ai aucun papier d'identité sur moi – en changeant de sac juste avant de partir de Port-de-Bouc, j'ai oublié ma carte d'identité. L'assurance pour le rapatriement m'a prévenue que j'en avais absolument besoin, j'ai donc appelé la veille la société d'auxiliaire de vie qui m'emploie et en possède une photocopie, qu'elle m'a envoyée via l'hôpital. Mais à l'aéroport, on me dit que cette photocopie ne suffit pas, il leur faut l'original sinon rien. Après cinq jours coincée à l'hôpital, je dois avoir la gueule un peu de travers, fatiguée, stressée, je n'inspire pas confiance et les autorités vont fouiller l'ambulance de fond en comble au cas où nous y aurions planqué quelque chose. Le médecin accompagnateur est obligé d'intervenir, d'expliquer que mon fils, sous oxygène, ne peut voyager sans sa mère, pour qu'on daigne me laisser embarquer. Ce qui me permet de m'occuper de la logistique du fauteuil roulant (Sofiane est allongé et le restera pendant le vol) qui, coup de chance, atterrira en même temps que nous.

L'arrivée à l'UARP (unité d'assistance respiratoire prolongée) de Montpellier est une délivrance. Nous nous sentons en sécurité et cela suffit à ce que Sofiane se sente mieux. Pendant trois jours, j'ai demandé aux médecins de Saint-Denis de lui passer une sonde par le nez ou par la gorge pour le soulager de ses glaires, mais personne ne l'a fait. Ici c'est le premier acte qu'ils pratiquent et sans que nous ayons besoin de le réclamer. Nous sommes avec des spécialistes qui nous connaissent bien et ont l'habitude de soigner Sofiane, nous pouvons respirer. Lui surtout ! L'infection pulmonaire réagit bien aux antibiotiques, l'alerte est terminée, le retour à la maison se profile. Mais le Pr Jonquet est formel : cette fois, il s'en est sorti, mais à la prochaine alerte ça risque de ne plus être le cas si l'on n'intervient pas. Désormais la trachéotomie s'impose, et le plus tôt sera le mieux. Nous sommes début novembre, l'idéal serait pendant les vacances de Noël, mais pour des raisons de planning ou je ne sais quoi, l'opération est reportée aux vacances de février. C'est l'année du bac et Sofiane ne veut pas entendre parler de sécher les cours, il tient trop à l'avoir du premier coup.

J'ai beau me raisonner, me contrôler, je ne suis pas de bois. Quand je vois Sofiane de retour du bloc, mon cœur de mère en prend un sacré coup. Le trou dans la gorge, le tuyau, la pâleur de son visage, son impossibilité à parler… c'est si impressionnant, je n'en mène pas large et j'ai moi aussi du mal à parler. Mais comment craquer devant mon fils si courageux ? Je n'en ai pas le droit, je dois tenir, me montrer forte et faire bonne figure. Il est un peu KO, un peu inquiet aussi, alors je dédramatise : « Oh mais ce n'est que ça finalement ! Ce n'était pas la peine de s'affoler. » Il me demande tout de même de le prendre en photo pour lui prouver qu'il n'y a rien à cacher.

Les jours qui suivent l'opération, Sofiane dort vingt heures sur vingt-quatre et s'alimente à peine, pèse tout juste trente-trois kilos. J'ai mal de le voir si fatigué et si fragile, mais je sais qu'au fond et malgré les apparences, mon fils est un costaud dans l'âme.

La première fois que je m'asseois en face de lui pour le faire manger, je vois ce tuyau, j'ai peur, je pleure, je ne sais pas comment je vais y arriver. Pour justifier mes larmes, j'invente un gros mal de tête, mais Sofiane, pas dupe, me dit de sa toute petite voix si faible : « Je sais que ce n'est pas vrai, maman… »

Alors je me reprends, c'est à lui que je dois penser d'abord et mettre mes états d'âme en sourdine.

Pourtant c'est un choc de le voir comme ça. Je l'ai déjà dit, la maladie se fait par étapes, comme pour nous donner le temps de nous y faire, mais on a à peine le temps de s'habituer qu'une nouvelle étape arrive et avec elle une nouvelle transformation, un nouvel empêchement.

Est-ce plus dur de voir son enfant s'abîmer au fur et à mesure ou d'avoir un enfant handicapé à la naissance ? Il m'arrive de me poser la question, non pas pour faire un concours, décerner la palme du pire à quiconque, mais parce que je me dis qu'au fond, je préfère le cas de Sofiane. Le handicap se met en place peu à peu, c'est infiniment douloureux à vivre, mais il y a eu un avant. Un temps où la maladie était moins avancée et moins mauvaise, où il y avait plus d'insouciance, plus de mobilité, plus d'indépendance, plus de possibles et ce temps laisse des souvenirs, des traces qui aident à supporter la perte, le renoncement et l'acceptation. On ne pleure pas sur ce qui a été et qui n'est plus. On se réjouit que ça ait existé et d'avoir pu le vivre. D'où la nécessité de jouir intensément du moment présent. Si l'on me demande quel est le plus beau jour de ma vie, c'est toujours aujourd'hui. Ni hier avec ses regrets ni demain avec ses rêves et ses illusions, mais aujourd'hui dans tout ce qui est à notre portée et dont on se saisit avec appétit comme d'un don du ciel qui rend heureux malgré tout.

Cet état d'esprit n'est pas dû à la maladie de Sofiane, du plus loin que je me souvienne, je crois que j'ai toujours été comme ça, prête à mordre dans le jour qui vient pour en extraire le meilleur. Ce n'est pas une décision, ni une volonté délibérée, juste une façon d'être, un trait de caractère. Ce n'est pas non plus un signe de bêtise ou d'optimisme un peu niais et ça n'empêche pas les coups de mou et les coups de cafard, les envies de fondre en larmes et la sensation qu'on m'arrache une partie de moi-même, la douleur et l'impuissance, mais heureusement ça ne dure pas. Je n'ai pas de temps à perdre, je dois avancer, être là, assurer.

Pendant les trois semaines d'hospitalisation après la trachéotomie, j'assure donc une fois encore. Et une fois encore, il y a des prises de bec avec le personnel soignant. Encore une histoire de petit déjeuner qui m'est refusé, encore des réflexions déplacées, encore trop de brutalité pour bouger Sofiane… Cette fois, pour me ramener au calme, on me demande un peu d'indulgence, l'aide-soignante est enceinte, fatiguée, je dois faire un effort et me mettre à sa place.

Mais qui se met à la mienne ? Qui essaie de m'aider ? Qui comprend que nous vivons un moment vraiment difficile ? Nous sommes face à une évolution qui nous échappe, et c'est dur à admettre, dur à avaler, physiquement et psychologiquement, pour Sofiane comme pour moi. On dirait que beaucoup s'en contrefichent… Et moi, je me fiche de la grossesse de l'aide-soignante, si elle ne se sent pas bien, elle n'a qu'à s'arrêter quelque temps, ce n'est pas aux patients de supporter ses humeurs, il ne faut tout de même pas inverser les rôles, de toute façon je ne suis pas sûre qu'elle serait capable d'endosser le mien, alors basta !

Au bout de quelques jours, les femmes de service ne daignent même plus faire le lit et se contentent de poser les draps dans un coin sans un mot pour que je le fasse moi-même. Mais dans le fond, tout ça n'est pas grave, l'important c'est que je sois avec mon fils. Et au fil des jours, il va mieux, il reprend des couleurs et de la vie, il semble sortir peu à peu de la léthargie dans laquelle l'opération l'avait plongé. Son état étant jugé satisfaisant, le médecin prévoit la sortie pour le vendredi. Nous sommes mercredi, plus qu'un jour à tirer, nous sommes heureux. Dans l'après-midi l'infirmière-chef passe une tête pour s'assurer que tout va bien, mais son sourire se fige quand Sofiane, aux anges, lui annonce que ça va d'autant mieux qu'il sort le surlendemain et qu'il a hâte de rentrer chez lui. Ah mais non, non, non, madame ne veut pas, madame décide que ce n'est pas possible, madame décrète que la sortie se fera le lundi et pas avant. Que la date de sortie ait été fixée par le médecin ne l'impressionne pas plus que ça, à l'en croire c'est elle la chef. Chefaillonne plutôt, et encore. « Tiens, elle a fait médecine ? » s'étonne le toubib lors de la visite du soir. Il convoque aussitôt l'infirmière, qui refuse de perdre la face : sa décision à elle est prise dans un souci de sécurité, si jamais il arrive quelque chose pendant le week-end, Sofiane sera mieux sur place. Je ne suis pas parano, mais je suis sûre qu'elle cherche à me faire payer l'altercation à propos du petit déjeuner, c'est sa façon à elle, minable, de régler ses comptes avec moi en ignorant Sofiane.

Je sais que souvent je suis le cauchemar des infirmières, elles me jugent trop présente, pour ne pas dire envahissante, m'accusent de vouloir leur donner des leçons, de me prendre pour ce que je ne suis pas en cherchant à tout prix à me substituer à elles. C'est évidemment faux, j'ai le plus grand respect pour leur métier mais un long compagnonnage avec la maladie de mon fils, dix-neuf ans de vie commune, une connaissance approfondie de son caractère, de ses besoins, de ses habitudes, une attention de tous les instants à son bien-être me donnent une expérience qu'elles n'ont pas. Plutôt que de me considérer comme une ennemie malveillante qui chercherait à les évincer, elles feraient mieux de profiter de ce que je peux et sais faire, ça les soulagerait. Je n'attends rien en échange, sauf un peu de respect, de gentillesse à mon égard, et le maximum d'attentions et de délicatesse pour mon fils qui souffre. Je n'ai pas l'impression de demander la lune… Et heureusement, dans bien des occasions, nous n'avons pas à nous plaindre. Tous ceux et celles que nous sommes amenés à voir régulièrement pour le suivi sont formidables. Sofiane est bien traité, et moi avec lui. Nous savons très bien, lui et moi, ce que nous devons à la médecine et à ceux qui l'exercent, à tous les échelons.

La pro de la trachéo

Au cours des trois semaines d'hospitalisation, j'ai suivi une formation en trachéo. Car il ne suffit pas de la poser, elle nécessite un suivi et de l'entretien : l'aspirer, la changer, la nettoyer, refaire les pansements au début… ça paraît simple, mais ça ne l'est pas du tout.

D'abord parce qu'il faut supporter de voir ce trou dans la trachée, avec tout ce que ça véhicule d'images, d'angoisse. C'est comme si on avait une voie d'accès à un monde mystérieux, l'intérieur du corps et ses secrets. C'est plus qu'impressionnant, on a mal pour l'autre, en tout cas j'ai mal pour mon fils, et j'ai peur de lui faire mal en prodiguant les soins nécessaires.

Je ne plaisante pas en parlant de formation : avant de nous laisser sortir de l'hôpital, le médecin et une infirmière m'ont fait passer un test d'évaluation, en conditions réelles, c'est-à-dire sur Sofiane, afin d'être sûrs que j'étais apte à faire face à d'éventuelles difficultés. Examen réussi haut la main, mais de retour à la maison, je ne me sens pas très fière, je me demande comment je vais y arriver, seule, sans personne prêt à intervenir si jamais je commets une bourde.

Mais quand on n'a pas le choix, on y va, on se lance, on ne minaude pas sous prétexte que non, on a trop peur, et puis oh là là, rien que de voir la trachéo, on est au bord de s'évanouir. Je ne suis pas du genre chochotte mais même si l'envie me prenait de jouer les délicates, je ne pourrais pas m'offrir ce luxe.

Avec la répétition vient l'habitude, avec l'habitude vient le tour de main, avec le tour de main l'appréhension disparaît. À force, je ne fais plus attention du tout, je ne ressens aucune gêne ni aucun malaise. Et c'est tant mieux car Sofiane ne pourra plus vivre sans la trachéo.

Après l'intervention, il était normalement prévu une rééducation pour qu'il puisse se passer de la ventilation et réapprenne à respirer seul. Mais être privé de la machine l'inquiète, il se sent plus à l'aise avec, plus rassuré, et c'est vrai qu'il respire mieux et donc il est moins fatigué. Résultat, avec l'accord des médecins soucieux de son confort, il garde sa machine à ventilation en permanence.

Deux petites anecdotes à propos de cette trachéotomie.

Lors d'une visite de contrôle, une infirmière entreprend de l'aspirer. Je me permets d'intervenir : « Madame, excusez-moi, ce n'est pas comme ça qu'il faut faire… » Elle m'interrompt, furieuse : « Vous pratiquez depuis combien d'années ? Moi, j'ai mon diplôme, je sais ce que j'ai à faire et comment le faire correctement. » Comme souvent, Sofiane ne dit rien, pour ne pas en rajouter, pour ne pas faire d'esclandre, pour en finir au plus vite. Mais quand le médecin l'interroge pour savoir comment ça se passe à la maison, si sa mère sait s'y prendre, sa réponse est sans appel : avec moi, il n'y a aucun problème, et il a beaucoup moins mal que quand les infirmières le font. Je suis presque gênée d'entendre ça…

Autre visite, cette fois il faut changer complètement la trachéotomie. Sofiane refuse que je sorte de la chambre, puisque je m'occupe de lui à plein temps, ma place est près de lui. « Vous la changez ou vous préférez que ce soit moi ? » demande le médecin à l'infirmière. La fille blêmit : « Euh… la vérité, c'est que je n'ai pas l'habitude, et puis je crains de mal faire, et… ça fait peur… » Et tout ça devant Sofiane, même pas gênée. Mais comment espérer qu'il soit détendu quand il entend des trucs pareils ?

Je pense souvent que, comme il est handicapé, les gens le croient débile de surcroît. Du coup, ils s'autorisent à dire n'importe quoi devant lui comme s'il était incapable de comprendre, ou comme s'il n'était pas là. Si ce n'était pas à pleurer, ça me ferait rire. Il est beaucoup plus intelligent que la moyenne, mais certains ne peuvent même pas l'envisager.

La plupart du temps, s'ils ne sont pas indifférents, les gens sont vite prêts à se pâmer d'admiration devant la force et le courage des malades et des handicapés. Les imaginer courageux et stoïques nous arrange bien, ça évite de se poser des questions sur ce qu'ils endurent, leurs souffrances, leurs frustrations, leurs révoltes, leurs colères et peut-être aussi, parfois, leur désespoir.

Tant qu'il y aura des imbéciles…

L'opération remonte à peu de temps, Sofiane porte un foulard comme toujours, mais un type demande à voir ce qu'il y a dessous : « Vas-y, montre ! » comme à la foire. Et quand enfin il voit ce qu'il voulait voir, devant Sofiane, devant moi, il s'exclame, sans baisser la voix : « Je préférerais mourir que d'être dans cet état-là. » Je suis prête à bondir mais d'un regard Sofiane me dit de laisser tomber.

Sofiane n'aime pas se faire remarquer.

Il redoute la pitié, la compassion, l'apitoiement, et les démonstrations un peu trop dégoulinantes de gentillesse attristée. Il n'aime pas plus l'admiration béate, l'émerveillement, les grands mots et les superlatifs qui tendraient à le transformer en héros.

Sofiane a envie de vivre comme tout le monde et donc d'être traité comme tout le monde, et heureusement, les imbéciles indélicats ne sont pas légion. Autour de nous, à la fac, dans la rue, lors de nos voyages, les gens sont sympas et ne font pas de réflexions. Il y a parfois des regards interrogateurs quand nous dînons en tête à tête dans un restaurant étoilé parce que je le fais manger, mais ça ne va pas plus loin et ce n'est pas assez insistant pour nous transformer en bêtes de cirque.

Sofiane répète souvent qu'il a envie d'être une personne banale, est conscient de ne pas l'être autant qu'il le souhaiterait physiquement, ne cherche pas à la ramener pour prouver qu'il est intelligent.

Il est plus patient que moi, plus indulgent peut-être, ou plus philosophe. Il ne réagit pas au quart de tour, ne s'énerve pas, ne crie pas. Il me reproche d'être trop speed, toujours pressée, hyper réactive, prompte à m'enflammer, à gueuler. Quand je fais des scènes, parfois il a honte, parfois ça le fait rire, le plus souvent il est bien content que je m'y colle tandis qu'il joue le sphinx.

Avec moi, il est moins patient. S'énerve dès que je n'obtempère pas à ses exigences, me renvoie dans les cordes dès que je dérape, se dérobe quand je veux l'embrasser, s'agace lorsque je dis qu'il est beau, me traite de monstre ou de mère indigne, me surveille, me reprend, me corrige… Ce n'est plus un fils, c'est un tyran domestique. Mais j'ai pour me défendre des armes imparables, dont je n'use jamais sauf pour rire.

Même si elles sont sérieuses, nos prises de bec restent des jeux. Nous avons bien trop besoin l'un de l'autre pour nous déchirer.

Vitesse de croisière

Sofiane a peur de l'avion ? Qu'à cela ne tienne, nous prendrons le bateau. Nous irons sans doute moins loin, mais nous découvrirons les joies de la croisière, ce qui n'est pas mal non plus.

Pour l'été 2016, nous avions prévu de partir trois semaines au Portugal, mais Sofiane a repéré que le plus gros paquebot du monde, le *Harmony of the Seas*, construit à Saint-Nazaire, allait être mis à l'eau au même moment, du coup le Portugal lui a semblé sans intérêt, il voulait faire partie de cette croisière-là. Je me suis rangée à son avis et je l'ai suivi, de toute façon je le suis toujours. D'autant plus que pour les vacances, chacun paie une partie, cette année-là je prenais en charge le mois de juillet et lui le mois d'août, il avait bien le droit de préférer une semaine de croisière (de luxe) à trois semaines au Portugal. Et il avait raison !

Le *Harmony of the Seas*, c'est le paradis sur mer. Un paradis géant avec piscines, spas, casinos, théâtres, patinoires, attractions et jeux, minigolfs et terrains de sport, salles de musculation… et un parc naturel au milieu de tout ça ! Près de six mille passagers, deux mille membres d'équipage, une vraie ville flottante, que nous avons adorée. Sans parler de notre cabine, claire et spacieuse, avec vue sur mer et terrasse où nous prenons notre petit déjeuner. Et du nombre impressionnant de restaurants, parmi lesquels Sofiane a tout de suite repéré les quatre étoiles que nous avons évidemment testés, car monsieur est un gourmet. Restaurants très chics comme il se doit, avec clientèle assortie, qui se pavane en grande tenue, avec chapeaux, robes longues et tout le tralala. Moi, je suis en vacances, je me fiche des apparences, si je me sens bien en short et débardeur, je ne me change pas, et tant pis si ça les défrise, comme si l'important n'était pas ce qu'on a dans les assiettes ! Je déteste les regards méprisants de ceux qui se croient supérieurs parce qu'ils ont plus d'argent que les autres, et qui sont persuadés que leurs manières empruntées les dispensent de la politesse du cœur. Je ne vais pas jusqu'à les plaindre, mais je me dis qu'ils ne comprennent rien à rien, l'essentiel dans la vie se situe bien au-delà d'un vêtement de marque ou d'une façon de tenir sa cuillère.

La croisière, même au paradis, suit toujours un rythme particulier et soutenu. Amateurs de grasse matinée s'abstenir ! Si l'on ne veut pas rater l'escale du jour, il faut se lever tôt car le départ pour l'excursion est prévu à 9 heures. Pourtant lève-tard, et même dormeur invétéré pendant les vacances, Sofiane se prête au jeu sans râler, la curiosité et le plaisir de la découverte l'emportent. Première escale à Palma, on se balade, on regarde les artistes de rue, on prend des photos, la vie est belle… jusqu'à ce qu'un drôle de bruit me mette la puce à l'oreille. Le châssis du fauteuil vient de péter, la tuile ! Difficile d'avancer dans ces conditions, mais il faut bien retourner au bus, ce que nous faisons dans un tintamarre qui couvre les bruits de la rue, au point que tous les gens se retournent sur nous comme sur deux pauvres malheureux. Bonne nouvelle, le chauffeur est aussi un bon bricolo et après avoir étudié l'engin de près pour comprendre comment il est fait, il farfouille dans le coffre dont il extirpe une corde avec laquelle il fixe le châssis au moyen de nœuds marins si solides qu'ils vont durer tout le séjour et nous permettre de faire toutes les excursions. Ouf ! on l'a échappé belle. Ce genre d'incident n'arrive jamais, les fauteuils roulants coûtent un bras mais généralement ils sont solides et résistants. Sauf que, nous l'apprendrons plus tard, il y a eu un défaut de fabrication, plusieurs fauteuils se sont révélés défaillants. On aurait bien aimé être prévenus, mais il paraît que le fabricant n'a pas réussi à contacter toutes les personnes concernées…

Le soir même, nouvelle catastrophe : la machine à aspirer les glaires ne marche plus. Panique. Si je n'aspire pas régulièrement, Sofiane risque d'étouffer. Je le sais et d'habitude je pars toujours avec une machine de rechange. Un truc de plus ou de moins dans le coffre de la voiture, ça ne pose pas de problème, j'arrive toujours à trouver de la place, mais là nous sommes venus en train, déjà chargés comme des bourriques, et je n'ai pas pris de rechange. Le

Harmony of the Seas étant ce qu'il est, un hôpital est prévu à bord et dispose de cette fameuse machine. Moyennant cinq cents euros de caution (quand même !), je repars avec. Re-ouf ! Je la branche pour la charger et, soulagés, nous pouvons aller faire un tour. Mais au retour dans la cabine, une odeur prononcée nous signale que la machine a grillé. Je n'avais pas vu qu'il fallait un adaptateur de courant… Je m'en veux de mon inattention, mais j'ai mieux à faire que de battre ma coulpe en pleurant, je fonce à l'hôpital. Encore une fois j'ai de la chance, car il reste une machine disponible, mais attention, cette fois, c'est la dernière. Le type qui me la donne me fait presque les gros yeux, comme si j'étais une écervelée, il m'énerve mais je ne dis rien, je file acheter un adaptateur et hop, vogue la croisière sans plus de galère. Repos !

Il reste un problème à résoudre, et de taille : je dois restituer la machine avant de partir, mais comment va-t-on faire dans le train Barcelone-Marseille ? Moins tête en l'air que ne semble le croire le gars de l'hôpital, j'ai le réflexe d'appeler l'ARARD (Assistance régionale d'assistance respiratoire à domicile), le prestataire qui nous fournit le matériel médical. Ils me mettent en contact avec une association espagnole qui va me dépanner. Rendez-vous est pris à la gare centrale de Barcelone, où l'on manque de se rater parce que j'attends à un endroit et la personne à un autre, mais grâce au portable, nous finissons par nous trouver. Cette fois, c'est sûr, nous pouvons rentrer sans problème.

Toutes ces galères ne me semblent jamais insurmontables, je ne m'affole même pas, je pense toujours que je vais réussir à trouver une solution. À force, je sais que j'ai beau tout prévoir, il y aura toujours (ou presque toujours) un imprévu qui va nous tomber dessus, comme pour nous faire mesurer les risques que nous prenons à chaque fois. Est-ce une raison suffisante pour s'arrêter de bouger ? Sûrement pas ! J'ai confiance en notre bonne étoile, confiance en moi, confiance en Sofiane. Et malgré quelques poussées d'adrénaline, quelques instants de flottement, à chaque fois l'aventure se termine bien, et le plaisir éprouvé dépasse largement les inconvénients qui auraient pu la transformer en catastrophe.

Athlète de haut niveau

J'ai toujours adoré le sport, tous les sports. Mes parents m'avaient inscrite à l'UNSS (Union nationale du sport scolaire) au collège Scamaroni à Charleville, je ne séchais jamais une seule séance, j'oubliais même de semer la zizanie et si je me faisais remarquer, c'était par mon énergie, mes capacités et mes performances. Dès 10-11 ans, j'ai participé à des compétitions locales où je me débrouillais assez bien pour monter sur le podium. Championne de cross par équipe des Ardennes à 12 ans, pour moi ça valait largement un diplôme.

J'aimais aussi la gymnastique mais c'était déjà plus compliqué pour mes parents. Car si tout ce qui relevait de l'UNSS était gratuit, la gymnastique, elle, était payante. Et pour eux, cela représentait un investissement non négligeable : l'inscription, le justaucorps, les chaussures, les allers-retours jusqu'aux gymnases où avaient lieu les rencontres… Opération coûteuse en temps et en argent dont ils ne voyaient pas bien le bénéfice. Ils avaient pourtant compris à quel point j'aimais ça puisque c'est pour me punir qu'ils m'ont obligée à arrêter le sport. Quelle erreur ! À ne jamais faire, puisque le sport est mon seul médicament, mais c'est un traitement au long cours, un traitement à vie même, car je ne peux pas m'en passer.

Je me suis débrouillée sans eux pour continuer malgré tout, dès que j'ai pu. J'ai choisi la boxe, que j'aime passionnément depuis que j'ai rencontré les Zaïm. Sept garçons et quatre filles dont Farida, mon amie avec un A majuscule, ma sœur, ma confidente, dans mon cœur pour toujours même si j'ai plus tard quitté Charleville alors qu'elle me suppliait de rester. Une famille nombreuse, chaleureuse, vivante, généreuse, qui m'accueille toujours à bras ouverts et partage ce qu'elle a. Chez eux, il y a toujours à manger et à boire pour tout le monde, et le couscous de Mme Zaïm est un sommet, une merveille, un pur délice. En plus de l'affection qu'ils me donnent et qui me fait tant de bien, les Zaïm, que je considère vraiment comme ma deuxième famille, m'ont communiqué leur passion pour la boxe. Ils l'ont dans le sang, plusieurs parmi eux ont eu un joli palmarès, et grâce à eux j'ai découvert ce sport et ce monde. J'assistais à tous les galas, je tenais la buvette, j'aimais l'ambiance, l'état d'esprit, tout me plaisait. Au point de vouloir enfiler les gants à mon tour.

Grosse déception lorsque j'ai voulu m'inscrire au club de Rethel dans les Ardennes : le président de la Fédération française de boxe anglaise refusait absolument qu'une femme s'entraîne avec les hommes – sans doute parce que nous sommes de pauvres petites choses fragiles ! Pour tenter de le convaincre, j'ai même fait le voyage jusqu'à Pantin, au siège de la Fédération, histoire de lui expliquer mon cas de vive voix, de lui montrer à quel point j'étais motivée et assez forte pour supporter l'entraînement, même avec des mecs ! Mais le monsieur était catégorique : les deux sexes ne devaient pas se mélanger. Je ne sais plus très bien comment l'affaire s'est finalement retrouvée dans les journaux. Cette mauvaise publicité pour la Fédération a réussi à convaincre son président, à l'époque M. Restout, de me donner l'autorisation que je réclamais. J'ai gagné le droit de m'entraîner quatre fois par semaine, mais pas celui de combattre. À l'époque la boxe anglaise était très mal connue et les femmes la pratiquaient très peu, je pouvais donc me considérer comme chanceuse. Comme quoi ! S'il suffit que la presse s'en mêle pour faire bouger les choses… La leçon m'a servi, j'ai su m'en souvenir. Bien des années plus tard, lasse de me heurter à des trottoirs si hauts que j'avais du mal à y hisser le fauteuil et encore plus lasse de réclamer des aménagements à la mairie, j'ai menacé de louer un engin pour les abaisser moi-même et convoqué la presse locale. Panique à bord, les travaux ont miraculeusement commencé.

J'ai rangé mes gants de boxe pendant ma grossesse et ne les ai plus jamais renfilés. Mais je continue à aimer la boxe et à m'y intéresser, à assister à des combats quand je peux, dans les Ardennes surtout. C'est fou le nombre de boxeurs que je connais. Parmi des milliers d'hommes, s'il n'y a qu'un seul boxeur, je le repère tout de suite. À sa façon d'être, à quelque chose qu'il dégage plus qu'à son nez cassé – tous les boxeurs ne finissent pas comme Mickey Rourke ! La boxe anglaise n'a rien à voir avec une bagarre entre des brutes qui cherchent à se démolir. Rien à voir avec les MMA (*mixed martial arts*, qu'on appelait avant « combat libre » ou *free fight*) où tous les coups sont permis pour terrasser l'adversaire. Sur un ring, il ne s'agit pas de cogner comme un malade, mais de perfectionner le beau geste et l'art de l'esquive. L'état d'esprit n'est pas violent, et un bon boxeur ne cherche pas le KO mais la victoire aux poings. Beaucoup de gens ont une image fausse de ce sport, qu'ils assimilent aux mêlées de rugby, aux mecs amochés et recousus de partout, aux casques et aux protège-dents… Mais à la boxe, un professionnel ne porte pas de casque et n'est pas forcément très marqué ou abîmé. Enfin, pas tant que ça, et pas tous, même si certains ne peuvent pas cacher qu'ils ont pris des gnons à répétition.

La boxe et plus généralement tous les sports devraient être obligatoires, c'est la meilleure école de la vie que je connaisse. Il faut de la volonté, de la régularité, de la détermination, de l'humilité et de l'endurance, et un bon état d'esprit. Pour moi, c'est vital.

Il y a à cinq minutes de chez nous, à Fos-sur-Mer, une salle où je vais quatre matins par semaine, entre 8 et 10 heures – sauf le jeudi, le corps a besoin d'un jour de repos. Là-bas, je retrouve mon petit monde, mes « petits vieux », comme je dis pour les faire bisquer, le club des 60-80, même si certains sont plus jeunes, à un moment, on ne chipote plus sur les années !

Il y a Daniel qui a profité de la retraite pour se mettre à la guitare, il accroche ses partitions sur le vélo pour travailler en pédalant. En ce moment, il est sur Bashung : « À l'arrière des berlines, on devine des monarques et leurs figurines... Osez, osez Joséphine... » Le tapis de course étant placé derrière les vélos, j'apprends par-dessus son épaule en courant pendant qu'il pédale. Ce tapis est très convoité car il n'y en a qu'un seul et il faut prendre son tour. Le premier arrivé est le premier servi. La course commence donc hors tapis, ce qui est une façon de se mettre en condition. Après, si on n'a pas été assez rapide et ponctuel, il faut être patient...

Cette salle est le repaire de Daniel. Il y a aussi Daniel Prévert, comme le poète, ancien prof de sport courageux et persévérant malgré la maladie de Parkinson qui rend ses déplacements difficiles. Il est là tous les matins à 8 h 10 tapantes, et tant pis pour les tremblements, la prise de poids, il se marre et nous fait marrer au lieu de se plaindre de son sort. Et puis il y a une Danièle, ma copine de 66 ans avec qui j'ai l'impression de sortir tout juste de l'adolescence. On papote, on fait des réflexions, des critiques, des messes basses, on pouffe... des sales gamines, quoi. Béa, elle, a à peu près mon âge, elle bosse dans une boulangerie et nous offre généreusement des gâteaux et des viennoiseries. Daniel Prévert ne peut pas résister, il sait qu'il ne devrait pas, que sa femme lui fait la guerre pour qu'il perde du poids, mais puisqu'elle n'est pas là, il se laisse tenter, et pas qu'un peu ! Pour Régine, qui fait très attention à elle, pas question de se laisser aller, elle connaît tout sur les crèmes, les techniques de médecine esthétique ou de chirurgie, les massages. Nous échangeons nos tuyaux, nos bons plans, nos découvertes, nos trucs et nos machins. Avec Marie-Françoise, nous parlons de poterie. Quant à Françoise, dès son arrivée elle prépare du café pour toute la joyeuse équipe et va le servir sur les vélos.

Tout ce monde évolue sous le regard de Marc et Dédé. Marc, le président de l'association, est un ancien rugbyman avec carrure correspondante, longtemps chauve avec une longue queue de cheval qu'il a finalement rasée pour se faire tatouer un œil dans la nuque. Le « troisième » œil, comme on dit, qui donne l'impression qu'il nous voit même quand il nous tourne le dos. De son côté, Dédé, le trésorier, du haut de ses 76 ans, n'oublie jamais de faire jouer son charme.

Je pourrais aussi parler de Fabrice, plutôt du genre timide, et que je n'arrête pas de taquiner : « Tu sais que t'es beau, toi ! Tiens, voilà l'homme de ma vie, ça faisait longtemps… » Il rougit et tout le monde rigole, mais sans méchanceté. Quand son frère vient, je l'appelle mon « beau-frère ». Un jour, sur les conseils de Béa, j'ai pris un magnifique bouquet de roses rouges qui trônait sur le bureau, je l'ai déposé aux pieds de Fabrice en lui demandant de m'épouser ! En rosissant, il m'a répondu que j'étais sur liste d'attente !

Ce petit monde prolonge parfois le plaisir d'être ensemble en dehors de la salle de sport. Nous organisons des soirées, avec un orchestre formé entre autres de Daniel à la guitare et de l'autre Daniel au synthé. Il arrive à Daniel Prévert de composer des chansons et de les enregistrer. Une fois où il avait besoin d'une voix de femme, il m'a demandée… Ça m'a rappelé mes rêves de show-biz. Souvent, quand ils animent des soirées, ils me proposent de venir chanter avec eux, mais je refuse si je n'ai pas préparé et répété, j'aime trop la chanson pour faire n'importe quoi. Nous devrions former un groupe… mais je n'ai pas le temps.

Dans cette salle se joue une part importante de ma vie. Ce n'est pas seulement du sport, c'est aussi de la vie sociale, de l'amitié, de la bonne humeur, une ambiance sympa et décontractée, des rires, tout ce qui fait du bien au corps et à la tête. Si je dis que je ne pourrais sans doute pas tenir sans pratiquer de sport, ce n'est pas une figure de style. Pour moi, c'est essentiel. Je peux me passer de beaucoup de choses, mais de sport, jamais.

Les muscles que Sofiane n'a plus, je dois les avoir pour lui. Plus les siens fondent, plus les miens doivent être développés et entretenus, car je dois assurer pour deux. Pour le porter, le coucher, manipuler le fauteuil, le hisser dans la voiture et tout le tintouin, j'ai intérêt à avoir un dos tonique et des abdos en béton. Sinon, je me coince, je m'abîme, je ne sers plus à rien et Sofiane reste en rade.

Quand nous partons en vacances, je prends mes baskets pour aller courir ou bien je trouve un hôtel avec une salle de sport. Il m'arrive de sécher, comme l'hiver dernier à Charleville-Mézières, parce qu'il faisait un froid polaire et que je n'avais pas le courage de faire mon jogging, mais je le paie toujours, je me sens moins bien et ça me manque, physiquement autant que mentalement. Le sport m'entretient, me donne la pêche tout en m'aidant à canaliser un trop-plein d'énergie qui me mène trop souvent au bord de l'explosion. Pour bien faire, je devrais aussi me mettre au yoga, mais il faut trouver le temps et ce n'est pas toujours facile, surtout que j'ai découvert les joies de l'aquabike, une fois par semaine, excellent pour le souffle et le cœur. Dernièrement aussi des séances de cryothérapie, trois minutes à – 180 °C, histoire de récupérer, d'effacer les douleurs musculaires et inflammatoires, et de me sentir détendue comme après un bon massage.

Moyennant quoi, à 48 ans, je me défends ! La semaine dernière, une praticienne de shiatsu, une gamine, n'arrêtait pas de me demander de me détendre et je voyais mal ce qu'elle attendait de plus vu que j'étais totalement détendue. En fait, ce qu'elle prenait pour de la contraction ou de la tension, c'était juste mes muscles. À l'entendre, elle n'avait jamais vu ça !

Parce que ma vie est une course, je dois travailler l'endurance. Tenir la distance. Ne pas flancher. Le sport est mon oxygène. Je n'abandonnerai jamais. Si un jour j'arrêtais c'est que je baisserais les bras, je renoncerais, je me laisserais aller… Ce serait le début de la fin.

Sofiane n'a pas pu devenir champion de course comme son père, et comme le prophétisaient tous ceux qui voyaient dans ses petites gambettes de bébé la promesse d'un avenir de sportif. Mais il adore le sport, qu'il regarde à la télévision. J'en suis sûre, s'il n'était pas handicapé, il serait sportif et de haut niveau. Il a l'état d'esprit qu'il faut pour ça : le sens de l'effort et la discipline, la ténacité et la combativité.

Je l'aurais vu footballeur ou dans un sport de combat, genre krav-maga. Malgré tout ce que j'ai dit plus haut, je lui aurais interdit la boxe, disons plutôt que je la lui aurais fortement déconseillée, parce que c'est un art noble et beau, mais quand c'est son enfant qui se trouve sur le ring, on voit le combat différemment, on oublie un peu la beauté de l'art, on a juste peur d'un mauvais coup qui pourrait l'abîmer par mégarde. Enfin, c'est ce que j'imagine, et mon fils est bien trop précieux et je le trouve trop beau pour supporter l'idée qu'il soit amoché.

Si M. Duchenne ne s'était pas « invité » dans notre existence, Sofiane courrait sans doute avec moi le matin, nous ferions d'autres voyages, nous partirions escalader le Mont-Blanc ou l'Everest, nous dévalerions des pistes noires dans la poudreuse… Sûr que nous aurions une autre vie, mais qui peut dire que cette vie imaginée serait plus belle que notre vraie vie d'aujourd'hui ?

Je préfère profiter de ce que nous avons plutôt que de me plaindre de ce qui nous est impossible. Sofiane ne peut pas faire de sport, tant pis, nous pouvons faire bien d'autres choses et si les exploits physiques lui sont interdits, il compense largement par ses prouesses intellectuelles.

L'hydre à deux têtes

Le sport ne va pas sans une hygiène de vie stricte. Je ne fume plus depuis plus de vingt ans, je ne bois pas une goutte d'alcool et je mange le mieux possible. Je m'offre un jour de relâche par semaine, où je m'autorise à manger tout ce que je veux, mais je n'abuse pas. Je préfère un bon restaurant un peu cher une fois de temps en temps plutôt que d'aller manger dans des restaurants bon marché et mauvais.

En regardant des photos des années 1970, j'ai été frappée de voir qu'il y avait beaucoup moins de gros qu'aujourd'hui. Peut-être parce qu'à cette époque, l'offre était moins importante, il n'y avait pas des tentations à portée de main dans tous les magasins et les supermarchés. Alors j'ai décidé de revenir à l'essentiel, de me passer de tous ces produits qu'on met sur le marché et qui ne servent à rien qu'à nous empoisonner. Cette hygiène alimentaire ne me demande pas beaucoup d'efforts et je n'ai pas à me priver car j'aime les choses simples.

Mon seul péché mignon, c'est le chocolat. Et, j'ose à peine le dire, le chocolat au lait, ce qu'il y a de pire ! Tant pis ! À Noël dernier, j'ai dû me retrouver avec une bonne dizaine de boîtes de chocolats, offertes par la famille et les amis. Je me suis empiffrée ! Je n'ai pas réussi à tout terminer à Charleville, mais de retour à Marseille, je les mangeais quatre par quatre pour en venir à bout au plus vite. Il était urgent que je retrouve mon rythme : après trois semaines sans sport et avec chocolats quotidiens, la balance me narguait en affichant deux kilos supplémentaires. Et pour faire fondre cette graisse, il faut presque trois mois de travail en salle.

Je ne veux pas dépasser un certain poids. Ce n'est pas toujours évident car Sofiane, lui, est un gourmet gourmand et adore manger. Il est toujours le premier à repérer les bons restaurants et n'a de cesse de vouloir les tester. Le sport me permet de limiter sérieusement les dégâts et m'aide à garder des formes acceptables. Je fais attention à travailler mes muscles en longueur, histoire de ne pas ressembler à Arnold Schwarzenegger !

Je prends soin de moi et j'espère continuer le plus longtemps possible. Je ne veux pas que mon fils me voie dépérir, molle, avachie et décrépite. Je ne peux pas lui infliger un tableau pareil, celui d'une femme, d'une mère abîmée par la vie qu'elle mène, comme une accusation, un reproche permanents. Il a toujours eu l'habitude de me voir active, tonique, je n'ai aucune intention que ça change. Si je prends soin de moi, c'est autant pour moi que pour lui. Le sport, le coiffeur, la manucure, et la plage le plus souvent possible, dès que le temps le permet, deux heures par jour, une heure côté pile, une heure côté face…

Cette attention portée à l'image que je donne n'est pas une préoccupation purement narcissique. Pour Sofiane, je me dois d'être en forme. Si je ne suis plus en état de m'occuper de lui, qui le fera ? Alors je fais attention à tout et je refuse les risques inutiles. Un ami me propose un tour à moto ? Hors de question ! Nous allons à la montagne pour des vacances ? Je ne monte pas sur des skis, j'aurais trop peur de me casser une jambe. Ce n'est pas pour autant que je vis sous cloche en me morfondant chez moi, mais je prends des risques mesurés, et je préfère les prendre avec Sofiane. Je conduis, je vais faire du sport, je fais ce que j'aime, mais toujours avec l'idée de ne pas me mettre en danger pour ne pas faillir. Ma profession, je l'ai dit, c'est mère de Sofiane, et je n'ai pas droit à un seul jour de congé.

Je dis parfois que je suis son corps. Je bouge pour lui, je fais tout ce qu'il ne peut pas faire physiquement et nous fonctionnons ainsi, comme une espèce d'hydre à deux têtes, avec un seul corps en état de marche pour deux. C'est une vraie responsabilité, alors autant qu'il soit opérationnel, solide, et résistant.

Une simple étourderie

Dans la salle d'attente de la dermato, une femme me lance des yeux noirs parce que mon portable n'arrête pas de biper. Je dois être plutôt de bonne humeur, car au lieu de l'envoyer bouler, je mets le téléphone sur silencieux. Après tout, c'est vrai que c'est agaçant.

En sortant du rendez-vous, je m'arrête à un distributeur pour retirer du liquide, puis file en direction du supermarché. Je réalise soudain que, fait rarissime, mon téléphone n'a pas sonné depuis un long moment. Je vérifie et découvre que je l'ai laissé sur silencieux. Trente-cinq appels et presque autant de SMS de ma copine Katia, paniquée : « Vite, dépêche-toi, ton fils doit absolument te parler. » Je panique aussi, appelle illico Sofiane, qui me dit juste : « La machine. »

Le supermarché attendra, je fais demi-tour, fonce et grille les feux pour rentrer au plus vite. Au moment exact où j'ouvre la porte, la machine s'arrête. Ouf, quel timing !

L'histoire montre que nous sommes sur un fil, jamais à l'abri d'une étourderie, ou d'une avanie. La machine à ventiler a une autonomie de douze heures, après quoi il faut la recharger en oxygène, nous en avons donc trois, histoire de parer à toute défaillance éventuelle. Ce matin-là, les cours à la fac commençant à 8 heures, je l'avais branchée à 7 heures, nous étions donc tranquilles jusqu'à 19 heures… sauf que mon rendez-vous était à 18 h 30 et en partant, j'ai complètement oublié la machine. Ce n'est pas pour m'excuser et me déculpabiliser, mais Sofiane n'y a pas plus pensé que moi. Il a 21 ans, une tête qui fonctionne parfaitement, une langue qui marche bien aussi, il n'est pas obligé de s'en remettre à moi pour tout, il peut faire attention à ses affaires, il est quand même le premier concerné. Mais monsieur est distrait et il compte sur moi, parfois un peu trop. Il y a quelques années, un jour où il était parti au lycée sans son cartable, j'avais dû faire l'aller-retour ventre à terre pour le lui apporter. Eh bien, au lieu de me remercier, il m'a engueulée : « Tu ne penses à rien ! » On croit rêver !

On peut critiquer la technologie et l'usage abusif que nous en faisons, mais dans notre cas, elle nous change la vie et nous épargne beaucoup de stress. Sofiane peut actionner un joystick où il a installé un clic automatique et qui se transforme en souris via Bluetooth, grâce à quoi il peut surfer sur le Net, regarder des films et être en permanence connecté avec moi sur Facebook. Nous nous envoyons des messages dès que besoin, ce qui nous tranquillise lorsque je dois sortir sans lui. Il sait qu'en cas de problème, il doit contacter les urgences, ou toute autre personne de notre connaissance qui est connectée à ce moment-là.

Ce jour-là, c'est tombé sur Katia, qui était aux quatre cents coups, et on la comprend. Sofiane, lui, est resté plutôt calme. Si la situation s'était éternisée, il aurait recontacté Katia pour lui demander d'appeler les pompiers. Les imaginer obligés de défoncer la porte pour trouver mon fils inanimé me donne la chair de poule rien que d'y penser. Depuis, je redouble de vigilance. À la fac, bien entendu, je me mets sur silencieux, mais je demande à Sofiane de me rappeler de remettre le son dès la fin des cours. Même s'il n'a pas paniqué, il a sans doute eu assez peur pour veiller lui aussi à ce que nous puissions nous joindre à tout instant. Traverser tant de galères, résister à tant de secousses pour mourir à cause d'un moment d'inattention, quelle horreur. L'absurde doit quand même avoir des limites.

Encore un cauchemar

Nous sommes dans un beau jardin, des enfants jouent et piaillent tout autour de nous. Je pousse Sofiane sur une balançoire, il est encore petit, mais ses yeux semblent énormes et donnent à son visage un air étrange et inquiétant. Tout à coup, il tombe dans les pommes, je me précipite, j'ai peur qu'il soit mort, je commence un massage cardiaque… Arrivée de je ne sais où, prévenue par je ne sais qui, une infirmière apparaît et lui fait une piqûre pour dilater les artères, qui le ranime. Sofiane est vivant…

J'ai fait ce cauchemar la nuit qui a suivi le rendez-vous chez la dermato.

Pas besoin de chercher bien loin pour en comprendre la signification.

Je me souviens de celui-là parce qu'il est récent, mais heureusement je n'en fais pas souvent, ou si ça m'arrive, je m'empresse de les oublier, mon cerveau est bien fait et ne s'encombre pas de trucs inutiles qui m'empêcheraient de profiter de la vie. Si c'est pour exprimer ma peur de perdre mon fils brutalement, je n'ai vraiment pas besoin de faire des cauchemars ! Je veux que mon fils vive, c'est aussi simple que ça.

Happy birthday

« C'est le grand jour ! Il y a vingt et un ans, tes poumons s'emplissaient d'oxygène pour ma plus grande joie.

« Te voilà devenu adulte, mais mon rôle de maman ne s'arrête pas pour autant. Sache que je serai toujours là pour toi, dans les épreuves (que tu subis) comme dans les réjouissances.

« Chaque année, je me réjouis de te voir mener et gagner ton combat contre la maladie.

« Reste toujours optimiste quels que soient les moments que tu traverses. Ma seule joie est de te voir sourire, et heureux.

« Je suis fière d'avoir un si beau garçon, fière de ce que tu accomplis, fière d'être ta mère.

« Merci pour le bonheur et l'amour infaillible que tu m'apportes chaque jour, ton sourire illumine mes journées.

« Mon chéri, je te souhaite le plus beau des anniversaires qu'une maman puisse souhaiter à son fils.

« Je t'aime plus que tout et pour l'éternité. Tant que ton cœur battra, le mien battra pour toi. »

Un an déjà que j'ai écrit ces mots-là. Sofiane vient de fêter ses 22 printemps…

Je déborde de fierté en le regardant. Je me dis qu'on a bien avancé, lui et moi.

La recherche a bien avancé elle aussi, et Sofiane a suivi le parcours idéal pour mettre toutes les chances de son côté : corticothérapie, arthrodèse, trachéotomie, suivi régulier, kinésithérapie… Il a fait et subi tout ce qu'il était possible de subir et de faire, il est entre de bonnes mains, il est en forme.

Je pense à l'avenir quand ça m'arrange.

L'avenir, c'est la licence, le master pour devenir juge et, peut-être à ce moment-là, la possibilité de céder ma place à une vraie assistante.

L'avenir, c'est peut-être qu'il tombe amoureux, qu'il ait moins besoin de moi, que je doive m'habituer à prendre de la distance. Sûr que ce serait une impression étrange, que je devrais réaménager ma vie autrement. Quand je lui en parle, Sofiane se récrie : « Ah non, les femmes sont des emmerdeuses, on n'est bien qu'avec soi-même… » Si ça devait arriver, je serais heureuse pour lui, et je sais bien qu'au fond rien ne nous séparera jamais.

Mais tout ça, c'est demain, c'est loin.

Droit devant !

Septembre 2017. À la fac de droit, la rentrée des troisième année a lieu le 5. Trois jours avant, je réalise que je n'ai pas eu d'appel de la société qui assure habituellement notre transport. Depuis un bon moment, c'est toujours la même conductrice, je lui téléphone donc directement pendant le week-end. Mais elle n'a pas reçu d'information nous concernant, elle me conseille de prendre contact avec le transporteur.

Ce que je fais le lundi à la première heure, mais le transporteur n'a pas eu le feu vert du Conseil général, il faut donc que je voies avec eux.

« Bonjour vous êtes bien à la région Provence-Alpes-Côte d'Azur. Nous vous accueillons du lundi au vendredi de 9 heures à 17 heures. Merci de bien vouloir renouveler votre appel… Bonjour vous êtes bien… » Au bout de deux heures à entendre ce message sans jamais réussir à parler à une « vraie » personne, je décide d'aller à Marseille. La rentrée est demain, le temps presse et moi je stresse : je sais combien c'est important pour Sofiane de ne pas louper le jour J, d'entamer sa troisième année de droit en même temps que tout le monde, de prendre le bon départ, et je ne supporte pas qu'il puisse s'inquiéter. Pour tout dire, je suis en ébullition : ça fait quinze ans que nous avons droit à un transport prioritaire, normalement il ne devrait pas y avoir de problème. Mais il y a toujours des problèmes, chaque année on nous enquiquine avec un papier qui manque, un truc, un machin, à croire qu'ils le font exprès. Cette année, pour être sûre de ne pas me laisser prendre de vitesse, j'ai même envoyé le dossier à la MDPH en mai et j'ai reçu son avis favorable dans la foulée, j'étais donc tranquille. La MDPH devait transmettre au Conseil général qui transmettait au transporteur et voilà, la boucle était bouclée.

Dans la voiture, je rumine, je fulmine. Mon père m'appelle, je lui raconte cette énième galère et lui promets de le rappeler pour le tenir au courant. Il me sent tellement à bout, au bord de l'explosion qu'il soupire : « Oui, rappelle-moi… s'ils ne t'ont pas mise en garde à vue… » Il me connaît, il sait que je peux péter un câble dès lors qu'on porte atteinte au bien-être de mon fils.

La chef du service vers lequel on m'oriente manque en faire les frais. Pendant que sa collègue se penche sur mon cas, elle, debout derrière son siège, les mains dans les poches, demande à ses copines où elles vont aller déjeuner. Je suis là devant elle, avec mon fils handicapé, en pleine galère, personne ne trouve trace de l'avis de la MDPH, et elle, elle s'en fout, elle fait comme si nous n'étions pas là, comme si nous étions transparents, et tout ce qui l'intéresse c'est de savoir où elle va aller poser son cul pour déjeuner ! ?

Je veux bien qu'on se paie ma tête mais il y a des limites. Je m'échauffe. Je lui explique qu'elle n'a pas bien compris à qui elle avait affaire : je suis obligée de venir à Marseille parce qu'ils n'ont pas fait leur boulot, de galérer avec le fauteuil et tout le toutim, et elle, tout ce qu'elle trouve à me dire c'est qu'il n'y a pas de problème, ils vont transmettre l'avis au transporteur, mais il faudra compter trois ou quatre jours de délai avant de récupérer un véhicule prioritaire pour nous emmener à la fac. Et puis d'ailleurs, j'ai bien une voiture, non ? Comment est-ce que je suis venue jusqu'à Marseille ?

Voyant où elle veut en venir – si vous avez une voiture, vous n'avez pas besoin de nous prendre le chou pour trois jours à assurer le transport vous-même – je feinte : « Eh bien non justement, j'ai pris le train et le bus et j'ai galéré pour venir. »

Et puis vu que rien ne se passe, qu'elle reste là, majestueuse de bêtise et d'indifférence, je monte encore d'un ton. Je m'approche de Sofiane, enlève son foulard, retire sa trachéo et explique que sans ça, il ne peut plus respirer et meurt, son handicap ce n'est pas du chiqué, ce n'est pas par plaisir non plus, c'est du lourd. Que malgré tout ça, mon fils s'accroche, se remue et suit des études, mais qu'à cause d'une nullité comme elle, une incapable de première, il devrait manquer sa rentrée ?

Les six personnes présentes dans le bureau regardent la scène scotchées dans leur fauteuil comme lors d'un décollage un peu rapide, yeux écarquillés et bouche ouverte. Quant à leur chef de service, je ne sais pas si elle pense encore à son déjeuner, mais il va falloir qu'elle attende encore un peu parce que moi, je n'ai pas fini.

L'employée qui s'occupe de nous me suggère de voir directement avec le transporteur si ça peut s'arranger, mais celui-ci refuse, et j'ai beau le supplier – après tout nous nous connaissons depuis longtemps –, il ne cède pas. Ce n'est pas qu'il ne veut pas m'aider mais il sait que ça peut se retourner contre lui, il ne peut rien faire sans l'aval du Conseil général.

Eh bien, puisque c'est comme ça, je vais l'avoir, cet aval. Même si les secrétaires prétendent n'avoir rien reçu de la MDPH, je sais qu'elles mentent puisque la MDPH m'a envoyé le double du dossier. Elles l'ont égaré, ou oublié, le résultat est le même, mais moi, je ne bougerai pas d'ici tant que je n'aurai pas de transport pour la rentrée. Elles peuvent appeler la sécurité, les flics, le président de la République ou le pape, je m'en fous, JE NE BOUGERAI PAS.

Ça s'agite un peu dans le service que j'ai sorti de sa somnolence d'après-week-end. Je leur mets la pression, elles n'ont pas l'habitude. Il faut trouver une solution rapidement, se montrer efficaces et empathiques, ça fait beaucoup pour un lundi matin. Mais elles finissent par comprendre que je ne plaisante pas et promettent de faire le nécessaire. Je n'ai qu'à rentrer chez moi, on m'appellera avant 16 heures pour me confirmer le transport.

Je respire quand je reçois le fameux appel, mais ma colère a du mal à retomber.

C'est tellement usant de devoir toujours demander, expliquer, justifier, certifier, de se démener pour que tout se passe au mieux et de se retrouver face à des fonctionnaires obtus qui traitent des dossiers et se contrefichent des êtres humains qu'il y a derrière. La souffrance, la frustration, les difficultés ? Rien à faire ! Les gratte-papier, eux, cochent, vérifient, tamponnent, valident, on ne va pas en plus leur demander de s'intéresser aux gens. Savoir où aller déjeuner est plus important pour eux.

Certains jours, je n'en peux plus. Tant de temps, tant d'énergie gaspillés pour rien, parce qu'on est confronté à une administration aussi tatillonne que bordélique, lente et lourde, pointilleuse et étriquée, souvent gouvernée par l'absurde.

L'année dernière, toujours pour cette histoire de transport prioritaire, on m'avait réclamé un certificat médical. Oui, bien sûr, mais j'en avais fourni un l'année d'avant déjà, était-ce bien nécessaire de le renouveler ? Le médecin à qui j'ai dû le réclamer a soupiré, effondré : « C'est vrai, ça, on ne sait jamais, votre fils aurait pu guérir pendant les vacances scolaires ! »

Myopathe un jour, myopathe toujours, hélas, mais il faudrait peut-être l'afficher sur les murs des administrations pour éviter les paperasses inutiles, les déplacements, l'énervement, l'incertitude, l'inquiétude, les difficultés matérielles…

Se battre, toujours, pour tout, parfois je fatigue. Plus encore que la bêtise, ce qui me révolte, c'est l'indifférence vis-à-vis de mon fils, et plus généralement de tous ceux qui souffrent, les enfants et les autres. Comment arrive-t-on à glandouiller consciencieusement quand son job consiste à s'occuper, même indirectement, de personnes en difficulté ? Comment ne fait-on pas son possible pour faciliter leur vie et celle de leurs proches ? Comment réussit-on à devenir aussi dénué de compassion ?

Pendant toute la scène, Sofiane n'a rien dit. Il s'inquiétait pour sa rentrée, mais pas seulement : il souffre de la désinvolture de tous ces gens, et souffre encore plus de me voir obligée de batailler encore et toujours. Dans certains cas, quand il trouve que je dépasse les bornes, il tente de me calmer, mais là il n'a pas bronché, l'enjeu était trop important pour lui.

Mon fils est handicapé, trachéotomisé, mais mon fils est motivé et tenace, bosseur et déterminé, grâce à quoi il fait ce qui lui plaît et lui tient à cœur, et il avance sur le chemin qu'il se trace au fur et à mesure, sans jamais chercher à se faire plaindre. Et il faudrait accepter que des imbéciles sans cœur lui mettent des bâtons dans les roues et créent de nouveaux obstacles sur un parcours qui en compte déjà largement plus que la moyenne ?

Qu'on ne vienne pas me dire que dans le fond, tout ce barouf était un peu exagéré, la feignasse avait raison, je pouvais bien prendre ma voiture pour assurer les trajets le temps que la situation soit régularisée. Eh bien non, trop c'est trop. Je suis auxiliaire de vie de Sofiane, je ne suis pas son chauffeur. En plus, aux yeux de l'administration, son état exige qu'il soit accompagné pendant les transports afin qu'on puisse intervenir rapidement en cas de pépin : étouffement, malaise, problème de trachéo… j'en passe et des meilleures. Donc, pendant ces trajets, je suis là en tant qu'accompagnatrice, capable de lui porter assistance puisque le conducteur ou la conductrice n'a pas de formation médicale. Pour les autres trajets, je me débrouille, et ça me regarde.

J'ose le dire, je suis fa-ti-guée ! Mes journées comptent double, j'assure tout toute seule, alors si je peux me dispenser d'être au volant à 7 heures du matin dans les embouteillages entre Port-de-Bouc et Aix, de chercher une place de parking, d'avancer les treize euros quotidiens que le trajet représente avant qu'on me les rembourse… je n'hésite pas, je prends ce qu'on me donne, ce qui est dû à mon fils. Et puis après tout, je n'ai pas à me justifier. Il faut pleurer pour tout, se démener pour obtenir la plus petite aide, raconter des dizaines de fois son histoire, prouver qu'on ne ment pas, comme si on était assez taré pour s'inventer un fils handicapé dans l'idée de gratter quelques centaines d'euros à la Sécurité sociale ou à l'État… À certains moments, ras le bol ! J'ai autre chose à faire que passer des heures au Conseil général, je dois préparer ma rentrée, moi aussi.

Ne croyez pas que j'aille à la fac pour me tourner les pouces pendant que Sofiane bosse, je veille ! Vais chercher à boire s'il a soif, le repositionne s'il a mal, et j'écoute. Moi qui ai fui l'école et les études avec un enthousiasme jamais entamé, je me retrouve sur les bancs de la fac à m'intéresser aux droits pénal et civil, mes matières préférées. La mauvaise élève refait son apparition pendant les cours d'anglais, et je ne peux pas m'empêcher de piquer des fous rires quand la prof s'adresse à moi dans la langue de Shakespeare dont je ne comprends rien. D'ailleurs, je me suis promis de trouver des cours d'anglais parce que je vais finir par faire honte à Sofiane avec ma nullité crasse.

Pendant les cours, je suis dispensée de la prise de notes, c'est Clara qui s'y colle, une étudiante bénévole (ou presque, ce qu'elle fait lui vaut seulement un demi-point en plus aux examens) qui envoie les cours à Sofiane. De retour à la maison, il les lit, en fait une synthèse qu'il dicte au dictaphone incorporé à son ordinateur, après quoi je récupère l'enregistrement pour le mettre par écrit et l'archiver dans le dossier prévu pour ça. Moralité, le soir, impossible de me prélasser devant la télé, je fais mes devoirs. Même moi j'ai du mal à y croire.

Et c'est reparti pour un tour !

Les horaires ne sont pas terribles cette année, contrairement à l'année dernière, les cours commencent tôt le matin, et même si ça laisse quelques après-midi libres, ça me plaît nettement moins. Pour arriver à la fac à 8 heures, je dois me lever à 4 h 45 afin d'avoir le temps de préparer Sofiane. La voiture passe nous prendre à 7 heures, il n'y a rien de trop.

Non seulement je ne suis pas du genre lève-tôt, mais en plus ça me sucre mes deux heures de sport matinales. Pour y aller l'après-midi, ça va être difficile, je ne suis plus dans la même énergie, et il y a mille choses à faire, apparemment plus importantes que le sport.

Je n'ai rien fait de l'été. Pendant huit semaines, j'ai dû courir deux fois et basta. J'ai fait un peu de vélo avec mon père en Vendée, mais je me la suis surtout coulée douce et j'avoue que ce n'est pas désagréable. Ça fait plus de deux semaines que nous sommes rentrés et je n'ai même pas eu le temps d'aller renouveler mon abonnement à la salle. Il faut que je trouve un créneau qui me convienne, mais c'est sûr que je ne réussirai plus à y aller quatre fois par semaine, je vais essayer de compenser avec l'aquabike deux fois le week-end, ça muscle peut-être moins mais pour le cardio c'est excellent et mon cœur, je dois en prendre soin aussi, l'air de rien, il est soumis à rude épreuve, il ne faudrait pas qu'il s'épuise.

De toute façon, je dois faire attention à tout, je n'ai pas le choix, Sofiane a besoin de moi.

Je ne m'inquiète pas, c'est la rentrée, je vais retrouver le rythme, la vie va s'organiser. Ce n'est pas le moment de flancher, il y a du boulot qui m'attend.

Je viens de faire un aller-retour jusqu'à Paris pour récupérer la plus adorable petite chatte de la terre, Tigrette, un amour de douceur avec pedigree que j'ai eue à un prix raisonnable grâce à l'un de mes neveux. Elle ne pourra pas remplacer Mickette pour Sofiane, mais je savais qu'il rêvait d'une nouvelle petite merveille et il a fondu en la voyant. Partie de Marseille à 16 h 08, je suis restée à peine une demi-heure sur le quai de la gare de Lyon, où mon neveu est venu m'amener la petite merveille, j'étais de retour à 23 h 38, et le temps de faire les présentations, de se familiariser avec la chatounette et de ronronner avec elle, nous nous sommes couchés à plus de 3 heures. Comme j'aurais dû m'y attendre, Miloue est jalouse. Toute mignonne et toute naïve, Tigrette ne demande qu'à jouer avec elle mais à chaque fois elle se prend un coup, il paraît qu'il faut au moins un mois pour que les choses se tassent. Il ne manquait plus que ça, je dois surveiller les chattes en plus du reste.

La société qui fabrique le fauteuil électrique commandé avant l'été vient de téléphoner : nous devons y aller pour les premiers essayages. Elle propose un lundi matin à 8 h 30, je négocie. Nos lundis matin sont libres jusqu'au 25 septembre, ce n'est pas pour aller à Lunel à plus d'une heure de chez nous aux aurores.

Je dois aussi m'organiser pour le déménagement – encore une aventure qui n'était pas prévue mais qui s'est faite presque toute seule. Nous nous sentons bien à Port-de-Bouc, mais nous nous sommes lassés de notre appartement, et surtout de l'ensemble d'immeubles –, non pas que les voisins ne soient pas sympas, mais on a parfois envie qu'ils ne sachent pas tout ce qui se passe chez nous. Il y a quelques mois, j'ai regardé les annonces, comme ça, sans idée précise, et bingo, je suis tombée directement sur le logement idéal : une maison de plain-pied, parfaite pour le fauteuil, avec jardin et piscine. Sofiane est heureux, il aura plus de place, il sera plus à l'aise pour recevoir des copains. Nous pourrons vivre tranquilles, à l'abri des regards. Cette maison devait vraiment nous être destinée parce que j'ai obtenu le prêt sans (trop de) problèmes auprès de la banque et signé la promesse de vente rapidement.

Le déménagement est fixé en décembre, je commence les cartons. « Tu as bien le temps ! » me disent les uns et les autres, mais non, justement, je n'ai pas tant de temps que ça. Plutôt que de me crever à tout emballer au dernier moment et de déménager dans l'affolement, je préfère y aller tranquillement. Si j'arrive à ranger, trier, emballer une pièce par mois, ce sera parfait, il ne restera plus que les gros meubles, l'affaire sera rondement menée. Mais d'ici là, je ne dois pas chômer. Surtout que dans le même temps, je dois organiser nos prochaines petites virées. Pour rien au monde Sofiane ne raterait le Salon de l'agriculture et la Foire de Paris. Si je veux avoir des billets de train pas trop chers, trouver une chambre dans un hôtel proche des lieux d'expo pour éviter les galères de trajet, c'est maintenant que je dois m'y prendre. Il faut en plus appeler la RATP, vérifier qu'il y aura quelqu'un pour faire la manip indispensable pour le fauteuil dans le RER… des dizaines de petites choses comme ça, pour tout, tout le temps, qui demandent de prévoir, anticiper, planifier, vérifier.

Je suis toute seule, et à certains moments je ressens cette solitude et les responsabilités qui sont les miennes de façon un peu plus pesante.

Encore que je suis peut-être seule pour assumer les choses matérielles, mais pour le reste, non, je ne suis pas seule du tout. Sofiane est là. Et tant que nous sommes ensemble, je le sais, il ne peut rien nous arriver.

Allez, hop, on avance !

Remerciements

Sofiane et moi formons une paire d'inséparables et mon caractère me porte à prendre les choses en main seule. Mais notre vie ne serait pas ce qu'elle est, joyeuse et pleine de mouvement, si nous n'étions pas entourés par l'amour, l'amitié, la bienveillance et la compréhension de nombreuses personnes. Certaines apparaissent dans ce livre, d'autres non, mais je voudrais ici les remercier une fois encore :

Mes parents, qui ont supporté mon adolescence agitée et avec qui nous partageons de bons moments.

Mon frère Hervé, mes sœurs Murielle et Cécile, toujours présents pour nous.

Le Pr Luis Garcia pour son attention, son écoute, et pour nous avoir dirigés vers les meilleurs spécialistes de la myopathie de Duchenne.

Le Pr Rivier, le Pr Jonquet et leurs équipes, compétents, disponibles et attentifs.

La famille Zaïm, ma deuxième famille de cœur, toujours présentes à mes côtés avec sa bonne humeur, dans les bons et les mauvais moments.

Anne-Marie, qui ne se défile jamais quand je l'appelle, même à la dernière minute.

Julie, mon amie si bienveillante.

Cathy, pour les jours passés à Ham-les-Moines avec son père, sa sœur et son frère, jours inoubliables qui ont réchauffé mon enfance.

Tous mes amis de la salle de sport, dont l'amitié m'aide à garder la forme.

Mumu, ma Mumu.

La dame de l'office HLM de Voiron qui, en me trouvant un appartement, m'a aidée à commencer une nouvelle vie.

Gilbert, le patron de la discothèque qui m'a donné l'idée de créer une association.

M. Bonfils, doyen de la faculté d'Aix, pour sa disponibilité.

Sandrine et Daniel, chauffeurs hors pair.

Michel Drucker, pour sa fidélité, sa sincérité, sa générosité.

Pascale, qui m'a supportée pendant toute l'aventure de ce livre.

Et les autres que j'oublie ici mais qui sont présents dans mon cœur. Merci, merci, merci !

Merci la vie !

Cet ouvrage a été composé et mis en pages
par ÉTIANNE COMPOSITION
à Montrouge.

Cet ouvrage a été achevé d'imprimer en janvier 2018
dans les ateliers de Normandie Roto Impression s.a.s.
61250 Lonrai
N° d'édition : 56576/01 – N° d'impression : 1705622
Dépôt légal : février 2018

Imprimé en France